文庫

問題があります

佐野洋子

筑摩書房

目次

I

II

問題があります

I

薬はおいしい

昔々あるところに、というくらい昔、せき止めにチミツシンという茶色い液体を飲まされた。私はそのチミツシンという薬が非常に好きだった。兄などは嫌がっていたから、万人が好む味ではなかったのかも知れない。とても効きそうな薬くすりした味だった。私は十九歳まで医者にかかったことのない丈夫な子どもで、お腹をこわしたこともなく、げろを吐いたこともなく、あまり風邪もひかなかったから、チミツシンを飲むチャンスもそうたびたびはなかったと思う。丈夫で手のかからない子どもは親の注意を引きにくいが、私は弱々しい女の子でチヤホヤして欲しいと思っていたかも知れない。病弱な兄が男の子たちにいじめられると、棍棒《こんぼう》を持って、救出にすっ飛んで行くような子どもで、誰も保護してやりたいとは思わなかっただろう。

おまけに家中で、ハエたたきで、ハエを殺戮《さつりく》するのが誰よりも上手だった。二匹を一度にたたきのめしたりした。

ハエがブンブンすると、「ほれ」と父は私にハエたたきを投げてよこした。五歳の私はハエたたきを持つと、まずじっと動かずにいる。眼は鋭くハエを追う。窓枠にハエが止まってもすぐには動かない。若くて小さなハエは、すぐ落ち着きなく飛んでいってしまう。じっと見てハエが手をすり合わせ始めると、静かに静かにハエに近づき、ハッシと打つ。

ポロリと落ちた時、とどめの一発をくらわす。チャンバラ映画を見ると、侍の一騎打ちで、じっと静かに向き合い、ずりずりと足を移しながら、敵から眼を離さず、ヤッとばかりに切り込む。今それを見ると、私は子どものときのハエたたきを思い出す。

私は子どものときのハエたたきで一生分の集中力と胆力《たんりょく》を使い果たしてしまったのだと思う。大人になってからは散漫になるばかりであった。あんなに懸命になって、かつ成果を挙げられたものは他になにもないのだ。

五歳で天才、二十歳で凡才以下になっていった。

子どもの頃、夏だけの飲み物で、緑の小さい豆を煮わかしてさました、透き通ったオリーブ色の液体があった。ちっとも好きではなかった。中国だけにあった、説明ができにくい、あいまいな味だった。

ある時、飲み残しのコップに、私はたたき殺したハエを入れた。ひとつ入れるとふたつ入れたくなり、半死のハエが溺れているのを見て面白くなり、私はそのときもハエ取りに熱中した。家の中にハエが見えなくなると外に出て、ゴミ箱のまわりのハエも収穫しに行き、コップの水の表面が真っ黒になると満足と同時に気持悪くなった。明るい部屋で、気持悪いから早く捨てようと思ったとき、父がそれを見た。

「お前は味噌もくそも一緒にするのか‼」とどなられ、流しのほうに行こうとしたら、「便所に捨てろ‼」と、またどなられた。

父はわたしを気味悪い子どもと思ったと思う。

それから、父は事あるごとに「味噌とくそを一緒にするな‼」とどなっていたが、もう何がそれだったか忘れてしまった。

しかし今思うと、私の一生はまさに味噌とくそをごっちゃにして生きてきた。

それから私はそのオリーブ色の豆のお茶が飲めなくなった。

ときどきカルピスを飲んだ。サイダーも飲んだ。カルピスの嫌いな子どもがいるだろうか。飲むたびに感動した。わたしのカルピス好きは一生続く。今でもあの白地に青い水玉模様を見るだけでうれしい。そしてカルピスを飲むたびに子どものときの感動を思い出す。

子どものときの日々が楽しいだけでなかったとしても、カルピスはいつもうれしく感動した幸せの瞬間を、夏の明るい日射しと共に再生する。

　そして日本へ引き揚げてきた。

　水道のない村で、わたしたちは小さな沢の水を汲んで煮炊きをし、同じところで洗濯をし、野菜を洗った。遊んでいるときはその水を手ですくって飲んだ。冷たくて気持よかった。

　しかし同じ沢のもう少し上流に一軒家があり、そこの人は自分の家の前の水で、やっぱりおむつの洗濯をし、野菜を洗っているのだ。

　これこそ、味噌とくそと同じではないかと今は思うが、清潔さにおいて、実に大らかだったと思う。

　ある夏、東京の叔母の家に遊びに行った。叔母は茶色の液体のコップをくれた。私は圧倒的に感動した。生まれて初めての飲み物だった。香ばしくて実にさわやかであった。「何これ?」「麦茶よ」「高いの」。叔母は笑って「高いわよ」とさらに笑った。

　私たちは田舎から中都市に移った。麦茶は普通の夏の飲み物になった。大きなやかんに麦茶を入れて沸かし、水道の水で冷やした。冷蔵庫のないとき、今考えれば生ぬるい麦茶を私は好きだった。世の中は少しずつ豊かになっていった。十八歳で東京に出てきた時、冷蔵庫とテレビが普及し始めていた。建築ラッシュが始まっていて、街はでこぼこでほこりっぽかった。

初めてコカ・コーラというものを飲んだ。赤いコカ・コーラという字と緑色の曲線を持ったびんはアメリカからびんのまま空を飛んできたのではないかと思わせた。

一口飲んだときの驚きをわすれない。

コカ・コーラはチミツシンの味がしたのだ。コーラを飲むまで一度も思い出さなかった。薬くさいと嫌った友達もいたが、薬くさかったからこそ、私は奇跡とめぐり逢ったのだった。そのころ、もうチミツシンなどという咳薬があったかどうか知らない。

チミツシンの中の何が、コーラの味になるのか知らない。

コーラが体に悪いという刷り込みが私にはあるが、ときどきやっぱりチミツシンの薬っぽさを味わいたくなり、「たまにはいいわさ」とコーラを飲む。

お月さま

私は未来というものに何も夢を持ったことがない。私にとって未来はいかがわしいものである。子どもの時のマンガに歩かなくてもよい移動する道路が出て来た。空には一人で乗る小さいヒコーキが飛んでいた。その他色々、とんでもなく高いビルがあったり、ロボットが沢山歩いていたりした。それを見せてくれたタカちゃんは、「すげえ、すげえ、未来はこうなるんだぜ」と口から泡をとばして興奮していた。私にはほら話としか思えなかったし、好みのほらでもなかった。

私達は下駄をはいて原っぱで遊んでいたから、タカちゃんにも百年も二百年も先の未来だったのではないだろうか。

そして、気がついたら私は動く道路にのっかっていたし、街の風景はあのマンガのよりカクカク光って幾重にもそびえ立っていたりした。あのマンガには、ケイタイ電話も、一人が一台ずつパソコンを持っている事にも思いが至っていなかったと思う。

わずかな間に、あの未来は現実となり、さらに現実の方が先走っているようになった。そして私は平気でケイタイでメールなど打ち便利だと思ったり、むかついたりしている。

貧しかった青春のデートの打ち合わせはハガキでしていた。あの子の字下手くそだったなあ。一人一人が癖のあるでかい字やいじけた字を書いていた。失恋した女友達の手紙はなみだで一センチ位の円が青くにじんであっちこっちに散っていた。

スプートニクに乗っていった犬が今も地球の回りをめぐっている事を考えると恐い。私が一番嫌いな写真はふくらんだ銀色のフーセンみたいな洋服（?）を着た人間が月面を歩いている写真だ。テレビで見た時も、「あんた、何しに行ってるの、用もないのに」としか思えなかったが、男達は興奮していた。

私はいいの、お月さまはうさぎが餅ついているだけでいいの。私は侮辱されたような気がした。山道を車で走っている時月を見ると、昔のお姫様が月を見て男を待っている事を想像する。唐土《もろこし》で、日本の月を恋しがる男の孤独を考える。十二歳位の子守女が、おぶった子どもに月を見せようと冬の月を指さしているひび割れた小さな手を切なく思ったりして、月は限りなく過去に私を連れてゆく。

あれは見るものである。この地上に現れた人間が何兆人いたか知らないが、全ての人類が月を見てあれこれ思いにふけったり、ただボーっとしていたのだ。あるいは満月に狼男が吠えたり、満ちかける月をカレンダー代わりの実用にしたりで何の不便があったのか。

あんな所まで行って月の石を持って帰ったりするのは狂気の沙汰である。人にはやってはいけない事がある。そして人はやってはいけない事ばかりしたがる。しちゃうと当り前になる。

そして、私達に未来はなくなった。現実の方がつんのめって先走るからである。私が見たマンガはSFだったのだろうか。今、私達が見る映画のSFのようにいつかなるのだろうか。あんなSFの世界にならないうちに死にたい。

あんな事になっちゃいけないと私の中の何かが言うが、私には全く未来はいつもいかがわしい。つんのめって先走る現実に、もう私は息切れがしている。私は今のつみ重ねを生きて来ただけで、それは全て過去になる。

一昨日が満月だった。深い紺色の空が林の上にあって、そこに丸いぺかぺか光る月が出ていた。

この季節の満月を見ると、私、北京の家の庭の月見を思い出す。お客が庭で酒盛りをしていて、北京の中秋の名月は世界一だと何回も何回も言って大人たちはあごをつき出して空を見ていた。私も感心しなくてはいけないような気になった。しかし私は地面にいるはずの白い虫をさがして下ばかり見ていた。月を見なくちゃいけないと上を見た時、塀の上を黒い猫が歩いていた。私は黒い猫に感心した。

大学の修学旅行で奈良に行った時、奈良公園でみんなひっくり返って月を見ていた。満月だった。隣でひっくり返っていた男の子の顔が昼間よりはっきり見えた。「お前さあ、今はもてないけど二十七、八になったらいい女になるよ。俺その時になったら惚れてやってもいいぜ」「そんな先のことじゃなくて、今惚れなよ」「そりゃ無理だよ。絶対無理だな」。あの男の子はどうしただろう。

ベニスで一人で歩いていた時、十歳位の男の子にナンパされた。夜の八時に教会の噴水のところで待っていると言った。十二時近くに一人でベランダに出たら月が出ていた。海にこまかいしわのように光がさわさわ映っていた。本当にあの子は教会の前で待っていたのだろうか。何だか笑いたかった。満月だった。

ほら、月は昔を思い出すためにあるのだ。

「問題があります」まで

私が初めてロシア人を見たのは、北京のチンチン電車の中で四歳位だった。中国人や日本人がぎっしりつまっている中で、ひときわ背の高い不思議な白い顔と黒くない髪の毛、はっきりしない目玉の男だった。私は初めて白人を見て大いに驚いた。父の背広のすそをひっぱってその男に向けて人さし指をのばした。父親は恐しい押しころした声で、「人をゆびさすな!!」と言った。私はとても恥かしかった。強烈な恥かしさだった。電車をおりてから父は「白系ロシア人だ」と言った。

私には珍しい初めて見る、例えば動物園のキリンとか、象みたいに思えたのだった。

私は今も白系ロシア人の白系がよくわからない。それから街で白人を見ると全て白系ロシア人だと思った。

そして終戦になった。その時私達は大連にいたが、どっとロシアの兵隊がなだれ込んで来た。

ロシア兵は女と見ると強姦するという噂だった。強姦という言葉も知らなかった。ロシア兵は軍服を着てでかく、群れて歩くので、子どもはキャーといって逃げた。そしてものかげからのぞいた。ロシア兵は野蛮人だとも言われた。私達はロシア人の事をロスケと呼んだ。誰が発明した言葉か知らないが、いかにも蔑称のひびきがあった。歩いている日本人から腕時計をとり上げ、五個も十個もうでに並べていた。例外なく並べていた。時計も知らない野蛮人。そしてロシアのトラックは街を歩いている男をつみ込んで、どこかに連れて行って、その人達は二度と帰って来なかった。ある日父は、煙草を買っていると、そこの女主人が、裏道を行きなさい、今トラックが来ますと教えてくれたと外から帰って来たことがあった。絹子ちゃんのお父さんもどこかへ行ってしまった。絹子ちゃんのお母さんは肺病で白くていつもねまきの上にきれいな羽織を着ていたが、死んでしまった。絹子ちゃんと妹はどうしたのだろう。

しばらくすると日本人の放浪児が湧いて出て来た。夜遅く窓をたたく音がするので行くと、にこにこ笑っている十歳位の男の子がのり巻きを一本持って立っていた。

あかりがついた窓の中で、私達は親子六人で家族をやっていた。もう冬だった。その子はのり巻きをあげると差し出した。「明日食べなさい」と母は言った。どこかで親切な日本人が彼にたくさん食べさせ、そして明日の分を持たせたのだと思う。あの子はうちの子になりたかったのかも知れない。

すぐ近くの公園で新しく出来て、終戦になって消滅してしまった学校の生徒が十五、六人集団で首つりをした事件もあった。日本から入学するために来たばかりの子どもたちだった。あの状況で日本が存続しつづけると思っていたのだろうか。

ある日の真っ昼間、裏の奥さんが素っ裸で家の窓からとび込んで来た。今考えるとぞっとするが、その時私は何かわくわくした。

夜になると、酔っぱらったロシア兵が大声で歌をうたってつるんで通った。

「あいつら、酔うとかならず歌をうたうんだ」父は何か感心した様に言った。太くて声量がある合唱だった。

ある日、夜遅く父が、大きな袋みたいな風呂敷みたいなものを持って来た。開けると食パン一斤位のソーセージが二個入っていた。一つは黒っぽくポチポチした白い粉が入っていた。初めてあんなでかいソーセージを見た。もう一つはどんなだったか忘れた。

酔っぱらったロシア兵が棒にそれをひっかけて歌をうたいながら歩いているのを父は、あいつらあれをかならず落すと思ってあとをつけたそうである。予想通りになったのだ。とうもろこしの粉の団子やコーリャンのおかゆを食べていた私達にそれは天国の食い物だった。お父さんは偉いなあと思った。

大連に大和ホテルという高級ホテルがあった。星ヶ浦というきれいな海のそばにあったと思う。そこはソ連の高級軍人の宿舎になっていた。学校はなくなったが受持ちの女の先生が、二、三人の子どもを遠足につれていってくれた。

私達が坐っているところに一人の軍人が来た。明らかに夜よっぱらって歌をうたっているロスケと服装も品格もちがっているのがわかった。私は子どもだったから、かんたんなロシア語をすぐ覚えて、多分その軍人に呼びかけたのだろう。その軍人は私を抱きしめて、ホテルに行こうと言った。私は子どもだけどわかった。この人には私位の子どもが居るのだろう。私を見て子どもを思い出したのだ。先生は行ってらっしゃいと言ったが、私は恐ろしくて、首をふりつづけた。

若かった魚住シズカ先生、あの時行けばよかったと私は一生思っているのです。

先生が引き揚げる時、私に日本の住所をくれた。私はそれを宝物にしていた。すると兄が、それを奪って、食べてしまった。兄は住所を覚えていて、新しく書いてくれたが、私はなくした。

次に私が出合ったロシア人はアンナ・カレーニナだった。中学生だったと思う。

アンナ・カレーニナは大連を大声で酔っぱらっているロシア人とは何の関係もなかった。

中学生に『アンナ・カレーニナ』の何がわかったのだろう。今でもあの兵隊とアンナ・カレーニナやウロンスキイが、同じ国の人とは思えない。階級というものは、国籍の違いよりももっと大きい。

それから、『カラマーゾフの兄弟』も読んだ。大変読みにくかったが活字なら何でも読んでいたから、仕方ない。

訳者は同じ人だった。私はロシア語が出来る人が日本には一人しか居ないのだと思っていた。

しかし何が何だか私にはわからなかった。長ったらしい名前が一行分全部になっていたり、やたら重厚なのだ。

そして、ドストエフスキーは大変偉大で人間の複雑な混沌や悪や信仰の根源にせまった、人間なら読まずに死んではいけない様なものとして認識した。

私は読みにくくて重々しい何だか脂っこい『カラマーゾフの兄弟』をそれでも通読した。何が何だかわからなかったが外に娯楽がなかったのだ。うんと年をとって時間が余った余生に読めばわかるだろうとわきにどけた。

わきにどけている間に私は中年になってしまった。私が住んでいる家にロシア人が住んでいた事があった。その時一緒に暮していた人が連れて来た。その人の家はやたら広くて部屋がいくつもあり、台所も別にあったので、大男のロシア人が邪魔なことはなかった。彼は多分日本文学を勉強しに日本にやって来たのかも知れない。少し日本語が出来た。彼は、「問題があります」と会話の頭にかならずつけた。「問題があります、ファックスの紙がありません」「問題があります、油がありません」「問題があります、ボールペンがありません」。

少し厚かましくはないかと同居人と話した事があった。

これが私の知っているロシア人の全てである。私は国際人ではない。言葉は日本語しか出来ない。島国だから私の根性も島国である。

何で、ロシア人のことなど書き始めたのだろう。私も余生の真っただ中ドストエフスキーの時になったのだ。

光文社の新訳『カラマーゾフの兄弟』を読み始めた。目からウロコが何枚も落ちる程読みやすい日本語で、中学生が読んでもわかると思う。前の一人しか居なかった訳者はものすごく罪深いと思う。新訳を知らずに死んだ日本人、天国まで誤解を持って行ってしまったね。島国の日本人は他国人をほとんど映画か本かテレビでしか知る事が出来ない。翻訳体などというものはない。私達は外国の文学を日本語で読むのだから。

青い空、白い歯

昭和十九年に北京から大連に移った。父の転勤だった。父は満鉄調査部という、あとで知るが、スパイ活動などもやっていた部署の学術調査団で、「中国農村慣行調査」という民俗学のようなことをやっていたらしい。しょっちゅう出張に行っていた。奥蒙古や、やたら辺鄙《へんぴ》なところに行っているらしく、帰って来ると食べたことも見たこともないあめやら菓子の土産物が嬉しくてトランクをあける父の前にペタッと坐って胸をどきどきさせていた。

五歳だった。幼稚園に行ったが、三日程でやめてしまった。ブランコに乗ると、目のつり上がった三角顔の男の子がブランコを横にゆらして私のブランコに激しくぶつけて来た。次の日から私は家の前のアカシヤ並木の下にしゃがんで、土を釘でほじくったりしていた。二、三日たつと幼稚園の子ども達が通りを行列して横切っていた。みんなキャアキャア叫び、リュックサックをしょって、水筒をぶらさげて、嬉しさと楽しさが固まりになって移動して行った。しまった、私は自分が幼稚園をやめてしまったことを心底後悔したが、人生にはとり返しがつかないことがあると子ども心に納得した。そして又しゃがんで土をほじくり返した。

昭和二十年四月に小学校に入った。赤レンガ造りの立派な学校だった。私のクラスは魚住シズカという若い先生だった。昼は食堂で食べた。広い食堂のテーブルには白いテーブルクロスが設置されデザートにアイスクリームが出ることもあった。アルミだったのだろうが、皿は銀色に光っており、楕円形で中が三つに仕切られていたが、皿の中身は何一つ覚えていない。アイスクリームしか記憶にない。魚住先生は私が嫌いらしかった。隣の席のハナハタ君が、授業中私のスカートの中に手をつっこんで来るのだ。そのたびに私は大声を上げ、先生は近づいて「どうして佐野さんは静かに出来ないの」と言ったが、私はハナハタ君がスカートの中に手を入れて来ると言えなかった。

ルーズベルトが死んだ日の事を覚えている。社宅の裏庭の生け垣の側で、六年生のカッチャンが、「ルーズベルトが死んだ、勝った勝った」と踊り狂っていたのだ。異様な熱狂はすぐ子分共に伝染し、私達は五、六人で、「ルーズベルトが死んだ、死んだ」と輪になって踊り回った。そのあと、そのへんの枝をひろって、生け垣をバシバシたたき回った。私はルーズベルトの写真も見たことがなく大統領という言葉さえ知らなかった。アメリカの天皇だろうと思った。アメリカの天皇が死んだんだから、日本の天皇陛下は生きているから勝ったんだと思ったのかも知れない。夕方だったのか曇った日だったのか、暑くも寒くもなく、今でもその情景は透明な灰色である。

あとで知ったが、ルーズベルトは四月十二日に死んでいる。

八月十五日、大人たちはひそひそしていた。家には父の親友の山口さんの奥さんが来ていた。山口さんの小父さんはほんの少し前赤紙が来て徴兵されていた。もう三十を過ぎていたと思う。奥さんは二十五歳位だったのだろうか。小父さんが出征した日、うちのたたみの部屋で小母さんがたたみにつっぷして身をよじって変な大声を出して泣いていた。のたうち回っている感じだった。私は子どもだったがなんだか見てはいけないものだけどずっと見ていたいものを初めて見た。山口さんの小母さんは白くてむっちりしていた。

その日私達は十二時に学校の校庭に集まった。ものすごい晴天だった。私の一生の中で大連の昭和二十年八月十五日より青い空はない。あの日の光より明るい天気を知らない。生徒の前に先生達が一列に並んでいた。異様な空気だった。私は覚えていない。軍服に黒いブーツをはいた校長が、何か話していた。何をいっていたのか覚えていない。すると拡声器から大きなザーザーザーという音がした。鉄板に砂を流す様な音だった。男の子が「天皇陛下の声だ、天皇ヘイカだ」と小さい声でいい、それがさざ波のように伝播《でんぱ》して行った。ブツブツにとぎれて変な声がきこえる。フツウの人の声と話し方ではないのである。ザーッザーッの中から「タエーガタキヲタエ、シノービガタキヲシノビ」という声がきこえた。その声だけがザーッザーッの中から現れたのである。私はあんまり変なことばと調子だったので、自然に笑いが腹から湧き上がるのである。周りを見ると皆下を向いてやっぱり笑うのをがまんしている男の子たちの顔があった。しかし、生れて初めて人々は天皇の声をきくのである。異様な緊張も張りつめていたのである。

そのあとのことは覚えていない。校長がまた何かをいったはずである。ゾロゾロと近所の子と帰った。家へ入ると、母と山口さんの小母さんは、ハンカチで目を押さえて泣いていた。今度は小母さんはちゃんと坐って、静かにハンカチで涙をふいていた。いやな感じがした。「負けたの」と私がいうと、母が「終ったの」といった。「勝ったの」とまたきくと母は「終ったの」といった。私が裏庭に出ると子ども達が集ってガヤガヤした。私はボスのカッチャンの側に行った。カッチャンは「負けたんじゃない、終ったんだ」と母と同じことをいっている。カッチャンは「負けたんじゃないから勝ったんだ」といった。「終ったことは、勝ったんだ」と誰かがいった。「勝った、勝った」と皆が叫んだが、そこにいた全部の子どもが、何かインチキくさい匂いを感じていた。「ワーイ勝った、勝った」。皆、またルーズベルトの時と同じに踊り狂いだした。その踊りはルーズベルトの時と何か違っていた。どこか心棒が抜けている様な気がした。勢いも弱いのである。私達は勝った、勝ったと踊りながらはっきりと負けたんだと自覚したような気がする。

それから表通りにゾロゾロと出て行きペタンと並んで坐った。通りはしんとして誰も歩いていなかった。あんなしんとした街はあの日の前も後もなかった。年かさの女の子が、目の前のアカシヤの木にとびついて、葉っぱをむしった。アカシヤは細い茎に楕円形の葉が十枚くらい並んでいる。私達はいつもそれでイロハニホヘト遊びをしていた。自分の葉っぱを決めて、その葉の先を少し切る。そして根本の葉からイロハニホヘトと数え「ト」になった葉っぱを捨てる。それをくり返す。二度目くらいで、自分の葉っぱが「ト」になれば捨てられて負けであるが、運よく自分の葉っぱだけが残ると勝ちである。あの時五、六人の子どもがいた。カッチャンもイロハニホヘトと数えていた。なんだか皆仕方なしにイロハニホヘトをやっているだけで心の中がウロウロしていた。空は青く、ピカピカした明るいアスファルトの通りが白く光っていた。

その通りを一人の九歳か十歳くらいの中国の男の子がはだしで石炭の袋をかついで歩いて来た。顔も手足も真っ黒である。もしかしたら上半身は裸だったかも知れない。よく見る風景だった。そういう子どもが沢山いたのだ。そういう中国人の大人も見慣れた人達だった。明るい大通りをその子一人で歩いて来た。そして私達の方に顔を向けて、歯をむき出してにやっと笑った。笑ったまま、歩き続け私達の前を通りすぎても顔をよじって笑い続けて行った。顔も体も石炭で真っ黒なので笑ってはみ出た歯が異様に白かった。それは天皇陛下のザーッザーッ放送よりショックだった。その子に、坐り込んでいた子ども達は一様にこん棒でなぐられたように固まった。その時カッチャンが小さい声でいった。「勝ったと思って」「いい気になって」「チャンコロのくせに」それをくり返した。私もしり馬にのった。あの時決定的にみんなわかった。負けたということが。そして、みんな何もわかっていなかった。私達がどうなるのか。

二学期になって初めて学校に行った。どやどやと坐ったばかりの時、先生が荷物を全部持って廊下に出なさいといった。そのまま階段を降り始めた時、下から中国人の小学校の生徒がどーっと列になって上って来た。中国人の小学生は八月十五日のはだしの子どもと同じ笑い顔をして歯を出していた。私達は無言のまま階段ですれちがい、それが学校に行った最後の日になった。先生は何もいわず私達も押しだまったまま家に帰った。私は真新しい六角形に折った紅白のはちまきを机のふたの下に忘れて来た。私はそれだけが、惜しかった。

やかん

小学校五年生の時、山梨の田舎から静岡市に引っ越した。ど田舎から街に行くのだ。住む所は駿府城の中、家康と同じである。父さんは言った。スンプジョウだぞ、スンプジョウ。夏休みだから暑かった。

立派な石垣が見えた時、その下にお堀のみどり色の水を見た時、少しわん曲した石の橋をわたった時、私の心は驕《おご》りにうわずった。そして橋をわたって城の中に入った時呆然とした。

ただただ草ぼうぼうの野っ原だったのだ。城の土手にぼろぼろの建物がL字形にへばりついていた。一つは高等学校で一つは中学校で二階建てなのに小さく見えた程、草ぼうぼうでだだっ広いのだった。家はどこだ、家は。父さん言ってた。「藤の花ご殿だぞ」。

はるかはるかにもう一方の土手にくっついて汚らしい小さな細長い家らしきものが

見えた。

父さんが言った。「それ、あれだ、藤の花ご殿だ」。私は立ち止まった。ただ広いところをカンカン照りの下を歩いていたので汗びっしょりだった。

がっくりした。私は緑色の一ちょうらのチェックのワンピースを着ていた。ミシンのない母さんがミシンの真似をして、一針一針返しぬいをした自慢のワンピースが肌にへばりついていた。

その時気が付いた。私は大きな大きなアルマイトのやかんだけを持っていた。それまで汽車をのりかえ、初めての街を歩いてキョロキョロしていた時もでっかいやかんだけ持っていたのだ。その時初めて自分がやかんを持っている不思議を思った。

家は近づいて見ると八軒つながった長屋だった。

うすっぺらいガタガタした戸口には黄色い油紙がはってあった。便所は外にあった。二間だけの家で今思うと六人家族がどうやって寝たのだろう。

家の中に入ると、突然家の窓のそばをウッヒョウと叫びながら男の子がいったりきたりした。長屋の男の子が様子を見に来たのだ。坊主頭でひたいが黒びかりしていた。

ショックはその日だけだった。

そして次の年の春本当にそこは藤の花ご殿になった。長屋の横に見たこともない巨大な藤棚があった。紫色の花の波と香りにむせかえっていた。うねった太い幹が何本もからまっていた。あれは家康が植えさせたのだと思う。私は年がら年中、黒びかりの男の子と藤棚の上にのぼってねころんだり、けんかしたりした。草っぱらは素晴しい遊び場だった。

今思うと父も初めショックを受けたのではないだろうか。多分その時あの藤棚に海からさかさまに落ちて来た様な藤の花の波が真っ盛りだったのかも知れない。

私はあの汚い長屋が嫌だった事は一度もない。せまい四畳半に父のお客が、六人も七人も集まって酒盛りをしたし、未成年の教え子にも酒を飲まして、天下国家を論じていた。もう一つの橋を渡るとすぐ小学校が堀に向ってあった。私は学校から一番家が近い生徒だった。

そして城のほぼ真中に家康お手植えのみかんの大木があり、ただ野っ原に一人で立っていた。

もう何十年も行っていないが、静岡の事を思い出すと、大きなアルマイトのやかんを持って野っ原の真中で呆然としている十一歳の私が見える。

でっかいやかんは引っ越し荷物におさまりにくい形をしていたのだろうか。それとも、一家六人の水筒がわりに水が入っていたのだろうか。あるいは、荷物を出してしまったあとお茶だけは飲みたいと親は思ったのだろうか。そしてどうして私が持っていたのだろうか。

いつも読んでいた

夏目漱石は文机《ふづくえ》の前に正座して読書をしていた、と思う。本というものは貴いものだったのだろう。「本をふむな」と何でも口うるさかった父が、本に関してはことに口うるさかった。そんな父が正座して本を読んでいたかというと、可哀相に貧乏で書斎などというものを持たずに死んだ。食卓で組んだ両手の前に本を置いて読み、そのうち体をくの字に曲げて寝ころがり、左手を耳にあててページをめくっていた。

私は多分生れた時から活字好きで、新聞の再生紙で落とし紙が作られていたころ、とけそこなった活字を、両足をふんばってじっくりさがしていた。小学校に入った頃にはすでにそうだった。戦後、本など何もなかった。唯一家にあった本が『毛沢東』という真赤な小さな本だった。私はむずかしい字を全部とばして、読めるところだけ読んだが、何が何だかわからなかった。言葉がまだわからなかった子どもの頃、それでも大人の話を聞いていて、大人の話す単語がほとんどわからなくて、「ですよねー」とか「まあ、そうですか」位しかわからないのに、大人のそばをはなれないで話を聞いていたのと同じだった。わかれば面白いかというとそうでもない。桃太郎などわかりすぎるとばかばかしかった。謎がないのである。謎がないものはつまらない。

私は田舎にいた時、学校の帰り、山道を一人で五十分位歩かねばならなかった。四年生の頃だったと思うが、私は図書館で借りた偉人伝など本を読みながら毎日帰ってきた。ある日、母が時計屋さんから借りたという吉屋信子の『母の曲』というぶ厚い本があった。私はそれを何日も返さずに読みつづけた。読みでがあった。どうしてもわからないことばがあった。接吻という字だ。私が母に「セップンって何?」と聞くと母の顔色が変った。押し殺した声で、母は「どこで聞いたの」と聞き、まだ私が『母の曲』を返していないのがばれて、ひどくしかられた。返さなかったことより子どもが大人の本を読むのが嫌だったのだろう。全部山道での読書だった。私のひどい近眼はあの時なったと思う。

それから中都会に出て中学生になり電車通学になった。本は全部電車の中で読んだ。漱石を読んだ。多分何もわからなかった。立ち読みか座席で読んだ。

世の中は成長し私も成長した。勤めの帰りも行きも本を読んでいた。月給をもらって初めて自分で本を買えたのがうれしかった。

結婚して子どもが生れると、子どもをおぶって料理しながら読んでいた。便所でももちろん読んでいた。ベッドには必ず本を持ち込んで横になっていつまでも読んだ。寝つきが悪いのだった。面白くてやめられない本には困った。朝まで読んでしまうのだ。そのうち発見した。むずかしい本を読むとわからないのですぐ眠れる。

私はジャンルを問わなかった。それにすぐはまるのだった。たとえば、山田風太郎を始めるといつまでも山田風太郎である。司馬遼太郎には困った。多分私が読むより早く書いているにちがいなかった。今でも手こずっているが、面白いのでどんどん買って、読めないものもたくさんある。いつまで生きるかわからないし、もう老境だが、老々後の楽しみがある。

『源氏物語』を読む。解説を調べ調べ読むより、現代語版を参考にする方が早いと気づき、円地文子の『源氏物語』を買った。すると与謝野晶子もあるのである。読んだ。すると、谷崎潤一郎もある。読んだ。又、田辺聖子もある。読んだ。そのうち橋本治もあるから読んだ。これは全部ふとんの中で読んだのだ。自由業は私のためにあるのかと思う。

何故こんなに本を読むか？

私は何も趣味がないのである。それに横着で体を動かすのがおっくうで、小学校の時から体育だけは最低だった。バレーボールをやっていても私はボーッと立っていて、ボールがあたってもボーッとしていた。球技は痛いものだった。音楽は音痴で、クラシックなど騒音である。

こんなに本を読んだら私は物知りになっているはずだが、実にものを知らない。深く物を考える哲学者になったか？　哲学する間もなく次の本を読むのである。そして私はその膨大な本を全部寝て読んでいるのである。人はどんな姿勢で本を読むのだろうか。いとこの民枝ちゃんは安楽椅子にすわってとても読書っぽい。

このごろは読んだ本を次の日には忘れていて、タイトルも思い出せない。昔読んだ本も全部忘れている呆け老人になってしまった。読書は無駄だった。そして、読書だけが好きだった私の人生も無駄だったような気がするのだ。

母のこと、父のこと

一昨年の夏、九十三歳で母が死んだ。

死ぬまでの十年以上、痴呆だった。

正気の母親と私は、実に折り合いが悪く、母を好きだったことはなかった。

死んだ人は皆いい人である。

呆けるという事は、生と死をつなぐ橋のようなものだと私は考える様になり、母は別の人格の人になった。それを人格と言うかどうかわからないが、母が正気を失ってから、一生分の不仲と和解できた。

四歳の時、手を邪険にふりはらわれてから、私は生理的な嫌悪感を持ってしまった。中でも匂いが一番不快だった。

呆けた母の足をさわった時、さわれた自分に驚いた。母を嫌悪していた何十年もそれは自責となり、汚い川が胃袋の奥をずっと流れ続けていた。ナマものにさわるという事がすごい事だとすれば、ふだん何でも無意識にさわっている事も本当はすごい事なのかも知れない。

『シズコさん』という本を書き終ったら、どっと疲れた。心底疲れた。

そして、私は幸せになった。

黒い川は消えた。母が死んだからか、私も老いたからか、自分の人生の帳尻を自分に都合よく合わせたからなのか、わからない。

読み直したら、同じ事が何回も出て来た。でも訂正する根性がなかった。そしてにわかに、父の事ばかり思い出すようになった。

もし、あの世というものがあったら、佐野利一とシズコさんはいったい何歳で相まみえたのか、聞いてみたい。もうすぐあの世で、我々家族は一族が全てもう一度同じメンバーで、再構成されるはずで、この世には誰もいなくなる。細々とつながる子孫は、父や母には見知らぬ人達である。

父の生れたところは、前も後も、山がせまりその間に富士川が流れるところだった。

八十世帯位が山にへばりついている村落で、従姉は、武田信玄の落ち武者が住みついたところだと教えてくれた。

「すごいじゃん」と私が言うと、従姉は「落ち武者といっても侍のぞうり取りのその又家来なのよ、誰でもないんだよ」。私はぞうり取りに家来が居たという事に感心したが、多分本当の事はわからない。

父はその百姓の家の十一人兄弟の七男だと思っていたし、書類なんかにもそう書いていた。この間ただ一人生きている叔父が、「おみゃあのおやじは七男じゃねえぞ、九男だったはずだ」、二人や三人は間引きでもしたのだろうか。

私達は引き揚げてしばらくその田舎に住んだが、私は子どもだったから、明日や未来の事なんかなんにも考えなかった。

小学校は身延線の駅を二つ行ったところだった。単線で線路の両側も山がせまっていて、山百合が両側にどっさり咲いていた。

ほたるが、庭に蚊よりも沢山ぼうぼう飛んでいた。

田んぼで草取りをすると蛭《ひる》が七匹や八匹かならず吸いついていた。

母は田舎と田舎者が大嫌いだった。

だから、父の血すじの人達が大嫌いで、一人一人を人間として吟味したり知ろうとなどせず、一かたまりの田舎者で片づけていた。

私には、大人になった今も面白い村だと思える。村中の人が深沢七郎かと思う程、まるで石をなげる様な言葉をぶっつけ合っていた。

よたよたのばあさんが、石垣にへばりついて、一日中立っていたりする。そこへ私と同じ年の八歳のいとこのあっちゃんが通りかかると、あっちゃんは「ひゃあ、ばあちゃん、死ぬの忘れただか」と呼びかけたりする。

戦後しばらくは、母は姑にいじめられたと、泪をふきながら友達に話していたが、今思うと、姑の方がずっと母をうさんくさく思っていただろう。

母の姑は、畑で一日中泥にまみれて働き、一時も休んでいる事がなかった。お茶の時間に縁側に伯母がお茶を用意して待っているとわざとの様に前後にこえおけをかついで、何度も行ったり来たりする。意地も結構悪かったのだろう。

縁側に坐っている母は、ばっちり化粧している。そこにはほんの三、四ヶ月しか居なかったが、姑にいじめられたと、何十年も根にもっていた。母は父の田舎に行くのを、本当に嫌がった。

母は父を尊敬していたと思うが、母にとって、父が田舎者だという事が大変な弱点だと考えていたのだろう。

母は本当に平凡な人だった。しかし、父は、底に狂気を持っている様な非凡と言える人だったかも知れない。

平凡などこにでもいる様な母の一生はしかし、日本の運命と共にもみくちゃにされながら、実によく生きたと思う。

日本中のどこにでもいる女が、同じ様によく生きたと思う。

いざという時に、その働きをよくするのは平凡な小母さんとやくざだと私は考えている。

(しかし今の小母さんは変になって来ている。やくざも株式会社になってしまったので、あまり確信は持てない)

父と母はよい夫婦だったと思う。そして、よく父と母の役割を果したと思う。

こんな事言ったら袋だたきになると思うが、何でも平等というものは、いかがなものだろうと思う。

もし、父の時代、貧乏百姓が女もふくめて十一人で、あの田畑を十一個に分けたらどうなったであろうか。

長男は嫌でも家業をつぐものであったから、権利と同時に覚悟もしていたであろう。又長男の責任というものも持たざるを得なかったと思う。

ごろごろ居るその他の男は、子どもの時から自分で身を立てる事を考えなくてはならないというのも悪くはないだろう。

女は嫁に行くと決まっていたから、姑や小姑にいびられても、泣いて我慢すればやがては、次の嫁にそのあだ討ちをと手ぐすねひいて待っていたかも知れず、かしこい姑は、自分の苦労は、同じ女というものにさせまいとしたかも知れず、しかし、かしこくたって、母親というものは、何たって息子が可愛いのは今も昔も変りなかったと思う。

いずれにしても忍耐するという事は当り前だったのである。

忍耐というものは悪いものではない。

耐え忍んでいたら、少しの苦労でも切れたりはしないだろう。

父が高等小学校を出て、自分の家の屋根を直していた時、東京に出て保険会社に勤めていた次兄が帰省して、家の玄関で父に向かって、「お前、来るか」と声をかけた。

父は、そのまま屋根から降りて、次兄について家を出て行った。ふとん一枚も持って行かなかったそうである。

そして同じ村から出て来た弁護士の家の書生になったそうだが、よくわからない。

大学の時は、次兄の家に居候していたらしく、いとこの民枝ちゃんに、大きくなったらピアノを買ってやると約束したと言うが、今でも、民枝ちゃんは、「利一小父さんはピアノを買ってくれなかった」と言っている。子どもをだましちゃいけないよ、父さん。

高等学校の時は寮に入っていたようだが、学費は誰が出したのかわからないと叔父が言っていた。

そしてその頃中学の時か、高等学校の時か、肺病になって田舎に帰って寝ていたら、背が十一センチも伸びたそうである。

叔父はもう郵便局に勤めていて、父の学費にずい分まとまった金を出したと父が死んでずっとずっとあと、私が大人になってから聞いた。

叔父に言わせると十一人の兄弟姉妹は、善人と悪人が分かれているそうである。

長兄は悪人で、長女も意地悪く、父を田舎から連れて行った次兄も根性が悪かったそうである。父も善人ではなかったと言う。実家が見える近くに嫁に行った次女は仏の様な人だった。あっちゃんのお母さんである。本当にあっちゃんのお母さんは優しかった。

あっちゃんのお父さんは、役場につとめていたが、時々今の登校拒否みたいに一ヶ月も押し入れに入ってしまったそうである。そして畑で働いているあっちゃんのお母さんを田んぼに埋めたりしたと聞いた時は私はびっくりした。

「うそでしょう」私はあっちゃんに言った。

「本当だよう」「そいで、叔母さんどうしたの」「だまあって、風呂で体洗っていただよう。そいで、ぐちなんかきいたこともないだよ。でもだまあって、いつもひざをさすっていただが、あれは我慢していたしるしだと思う。いつもひざを両手でさすっていたもん」。

あっちゃんちには、めくらのおばあさんと三十五歳で隠居したおじいさんが居て、とても苦労した。村中が、あっちゃんのお母さんが苦労してる事を知っていた。

三十五で隠居したおじいさんは私が知った時は中国の学者みたいに白いひげをたらしていて、本当に村一番のインテリだった。あっちゃんちの白いお倉を書斎にしていて、和綴《わとじ》の本を積み上げて、いつも勉強していた。あっちゃんは宿題を全部じいさんにやらせていた。

自分の宿題をやらせながら、あっちゃんはじいさんの白いひげを三つ編にあんで、その先を赤い毛糸でリボンにむすんで、ゲラゲラゲラ笑っていた。

あっちゃんの家は、村の一番上にあって、三百年もたったものすごい太い松があった。そのためあっちゃんちは日あたりが悪かったが、じいさんは絶対にその木を切らせなかったので、あっちゃんのお父さんとじいさんは松を切る切らないで、松の木の下でとっくみ合いのけんかをすると言っていた。

あっちゃんの家は先祖代々じいさんと息子が仲が悪い伝統があるそうで、あっちゃんの一番上の兄さんとお父さんは仲が悪いと言っていた。それは何代も続く決まりなのだった。そしてみんな松の木の下でとっくみ合いのけんかをすると言っていた。

今思うとあっちゃんは仏の様なお母さんと同じに善い人で、私は根性が悪い奴だと思う。性質は一生変らないので、人の性質が呼び寄せた人生になる。

もう何十年もたってから、あっちゃんが言っていた。

「いや、私困っちまったよう、上の子が、ハワイに連れてってくれるって。そしたら下の子が香港につれていってくれるってのと同じ日だよう。どうしたらいいだか」。

あっちゃんは子どもを叱った事が一度もない。どうして叱らないでいられるのだろう。

「だって、叱るような事なんもしないで」。

あっちゃんは、電気製品も買った事がないそうである。「気がついたら、掃除機が新しくなっているだよ、なーんでも気がついたら新しくなっているだよ」。

あっちゃんは牛乳屋に嫁に行って何十年も四時起きして働いていた。

母さんの苦労を子どもは見て知っているのだ。

私はつくづく体を動かしてこそ労働だとわかった。

わたしの机の前の労働はわかりにくく、子どもに恩を売れない。

恩を売れなくて当然と思う。あってもなくてもよい職業だからである。

私も可哀相だが、背広を着て会社に行くお父さん達もかわいそうである。子どもは親の仕事が見えない。

そして母さんは目に見える労働が嫌いだったのだ。

百姓もトーフ屋も嫌いだったのだ。

父さんには一くれの土がなくても、あっちゃん達が育った山のせまった小さな村がふるさとだったのだ。

母さんにはふるさとがない。東京で生れ育ってもしょっちゅう引っ越しをしていて、ずい分悲惨な家族の中で育っている。その上田舎の貧しさと違う貧しさだったと思う。

母さんが見栄っぱりの嘘つきになったのも仕方ないと思う。

そして負けん気の向上心で、どうにか、こうにか、あがいた一生だったと思う。

母さんは下町のドブ板をまたいで、モガになった。モガにならなければ、どうにも生れを背おわなくっちゃならなかったのだと思う。

モガになって銀座に職を求め、東大出の集まる所につき進んでいった。その母さんと父さんは結婚した。

母さんの母さんは四人の子どもを捨てて、他の男に走り、四人の子どものうち二人が精薄だった。そして一緒になった男との間に又四人の子どもを作り、そのうち二人は又も知恵遅れなのだった。

母さんにとって肉親は脱いで捨てたい着物だったのかも知れない。

どこに生れるか人は選べない。

それが一番大きな運命である。

そして持って生れた性質の核は変えられない。それがもっと大きな宿命なのかも知れない。

母さんはよく生きたと思う。

父さんの故郷は自然と共にあった。母さんはふるさとを持たない人だったのだろう。

母さんは父さんの田舎の自然になど、何の感慨も持たなかった。日本の田舎はどこも母さんにとって美しい場所ではなかったと思う。

母さんが感動した田舎はスイスの山の中のアルプスの少女ハイジが育った様な、絵の中の景色だった。

母さんにとって真実はどうでもいい事だった様に思う。

真実よりもどう見えるかという事の方が大事だった。

そしてそれは母さんの生きる大きな力の源だったと思う。

夫婦げんかは毎日していたが、母さんは本気で離婚する気はなかった。

ただの小母さんが四人の子どもを育てるのは不可能だとわかっていたし、父さんの妻で一生終える事以外は考えていなかったと思う。

しかし父さんが死んだら、やおら立ち上って、四人の子どもを全部学校につっこんだ。

しかし、私達子どもは早く母さんの所を出たくて、必死で勉強したのかも知れない。

妹が言っていた。「母さんと一緒に住める人は居ないと思う」。

男と女は本当にわからない。

父さんと母さんはいい夫婦だったと思う。相手が女でなく男だったからかも知れない。

父と母を見ていたから、私はもっとよい妻になり、もっとよい母になると生きた標本のように考えていた。

しかし私は二度も離婚した。

母さんは死に別れであり、私は生き別れである。生き別れより死に別れの方が世間体は良いと思う。

父さんはふるさとがあり、母さんにふるさとはない。

私もふるさとがないが、私には幼年時代を過したところがふるさとになった。中国の北京が、それも四合院の庭が、私のふるさとだと思える。

そして父の田舎に行くと、もう知っている人は誰も居ないが、目の前にせまる山と富士川が父のふるさとを引きつぐ様にと、声もなく、私に言う様な気もする。

本には近づくなよ

昔、私が中学生の頃、「ライフ」などはアメリカに直接購読を申し込まなければ手に入らなかった。勿論全部英語である。

朝、満員電車にのっている時、いかにも俺はそのへんの奴らとは違うもんねという高校生がいた。昔の高校生は、とにかく大人ぶっていた。そのお兄さんは、いつも「ライフ」をこわきにかかえている。それだけで、皆オウと思うのである。そして、そのお兄さんは、二つ折りの「ライフ」にかかっている茶色の帯を、満員電車の中で、ベリベリと破くのである。オウ、アメリカから来た「ライフ」だよ。すごいねエ、と周りは思う。電車の中でベリベリ破くために多分昨日着いた新しい「ライフ」の帯を破らずに我慢してたに違いない。その時のお兄さんの得意そうな様子は今でも忘れられないのである。

あの見栄が、もしかしてお兄さんの英語力を進化させたかも知れない。「ライフ」

のあとはフランス語の原書、ドイツの哲学書となっていったのかも知れない。中学生の私はスゴイと思いながら、やり過ぎではあるまいかとも思っていた。

その中学生の私も又、見栄を張りたいのであった。アンドレ・ジッド、モーパッサン、トルストイ。洋物の方が漱石や藤村よりも格は上であった。

しかし、私は何を読んでいたか、とにかく男と女がやらしそうなことをやっているところにだけ目を皿にするのである。

そういう本にしか、やらしい情報はなかったのである。

『脂肪の塊』に目をくっつけて見ている私から、父は本をひったくり「こんな本読むな」といった。モーパッサンはやらしいということ位はわかったのであろうか。次の日、父は図書館から世界文学全集の第一巻、ルソーの『告白録』というのを持ってきた。

私は読み始めて、たまげた。初めから、ルソーは、馬車の中で、妙齢の夫人をたらし込むのである。父は『告白録』など、読んでなかったのである。

そういうわけで、私は中学生で頭の中はすっかりやらしく出来上がっていたのである。

見栄読みしているうちに、私はすっかり読書にはまり込んでしまっていた。

私はカンカン照りの道を本を読みながら歩くので、どんどん眼が悪くなっていった。もう活字なら何でもいいのであった。

これは見栄を通り越し、なりふりかまわぬ、みにくい少女であった。ぶあつい眼鏡をかけ、頭はザンバラ、セーラー服のネクタイは忘れ、本を読みながら電信柱にぶつかる。これは、もてないわさ。

高校生になっても、学校の廊下を本を読みながら歩いている。上ばきのうしろふみつぶして、にきび出して。これはもてないわさ、もてないからなおさら本を読むわけさ。

そして、今思うと、その時読んだ本など、何の役にも立っていないのだ。だって、十三歳の女の子に、『アンナ・カレーニナ』が理解出来るわけがない。

生意気な友達が、漱石は、『三四郎』『それから』『門』という順序で読むものよ、なんてほざいておったから、私は、おーそうか、そうかとその通りにしたが、漱石に深く心を打たれるにはそれ相応の人生というものが必要なのである。

全く時間の無駄であった。あんなんだったら、ぐれて男と遊んでいた方が、何ぼかよかった。

しゃれまくって、街をうろついていた方がどれ程楽しい青春であったろう。

しかし、不幸な時代というものがあり、何の娯楽もない、しゃれるにもしゃれる素が世の中になかったのである。今、若いものが、活字ばなれしていると世の大人は憂えているが、活字より面白いものがある世の中なのであろう。

書籍には、間違いなく人類の知恵がつまっているものであるが同時に毒も盛られているのである。本から離れられない人間は、その毒に魂を吸われてもいるのである。本には近づくなよ、近づくと舌なめずりしてなめたいものが、たっぷりあるからね。近づくな、ほーら、本読みたくなっただろーが。

草ぼうぼう

四十六年も前のことである。私は貧乏人が集まっている美術学校の生徒であった。どれ位貧乏かというと「オイ、オーバーって、あったけえんだってな」という男達がいたぐらいである。ベルトのかわりに細引きでズボンを留めている男もいた。

ある秋旅行をすることになった。軽井沢に行くという。私は胸ときめいた。から松の林、しゃれた別荘、外人がウヨウヨいる。金持の令嬢が自転車で疾走する。そして堀辰雄の世界。文学少女のじゅん子さんは立原道造の詩をくちずさんでいた。その横の男はにぎりめしをふろしきに巻いて腰にしっかり固定しているのである。誰も一度も軽井沢など行ったことがないらしいのだ。

軽井沢に汽車は到着した。したはずである。しかし、駅の前はどこまでも草ぼうぼうなのであった。しゃれた別荘もから松林も影さえないのである。我々は呆然とした。一人の男がこっちだ、とある方向を指さした。ゾロゾロとそっちに歩き出した。草ぼうぼうは深くなるばかりであった。そのうち、道らしきものも無くなった。「まわれ右、戻る」男は又命令を下した。そして、私達は何時間も背より高い草が生えている不思議な空間をうろついた。どこで弁当をとったのか記憶にない。誰も文句を言わなかったのが、今考えると可笑しい。

そのうち、「帰ろうぜ」とだれかが言った。「帰ろう帰ろう」みんなが唱和した。「軽井沢ってつまんねえところな」小さい声で言った男もいた。

そして私達はそのまま汽車に乗って帰ってきた。

誰か教えて欲しい。四十六年前の駅前はどういうところだったのか。万平ホテルに行くにはどういう方法、乗り物があったのか。三笠にはどういうふうに行けば行けたのか。

何故私達は草ぼうぼうのところをさまよったのか。あるいは四十六年前には駅に狐が待っていたのか。

それから四十年たって、私は北軽井沢に住むようになった。軽井沢は長野県で北軽井沢は群馬県である。うちの近くはとうもろこし畑やキャベツ畑が広がっていて、牛が沢山いてそばへ行くと牛くさい。軽井沢の駅から車で四十分も浅間の方にのぼって行く。

北軽井沢と軽井沢を同じところと思う人がいる。気取り屋のおしゃれ好きの友達を誘ったら、まるで本当の軽井沢に出かけるみたいに大きな荷物を持って車にのり込んで来た。うちに着くと彼女は「へー」と言った。

私はすぐ農家のアライさんのところに野菜をもらいに行った。肥料の臭いがする。彼女はハンカチを鼻にあてて眉をしかめている。

四十六年前と同じに彼女もから松林の中のしゃれた別荘、自転車に乗る金髪の少女、教会、皇太子と美智子さまのテニスコートを思いうかべていたのだろう。あとで彼女は私に言った。「お姉さんに笑われたわ、軽井沢と北軽井沢は全然ちがうって」。

黒いベスト

引き出しの中をかき回していたら、黒いウールのベストが出てきた。あ、これ、と必ず思う。今年は妙に不気味に暖かかったので、シャツの上にベストでもいいかと思って、両手に持って広げた。

これは五十年前のものである。私の着るものの中で一番古い。ああ、ああと、毎年思う。どこもいたんでいない。

毎年着ている。五十年間毎年着ている。

私は十八だった。あいつは十九だった。同級生だった。あいつは変人奇人で有名で、尊敬もされていた。

しかし信頼という物差しをどこにあてていいかわからなかった。名前が出ると皆独特の笑い方をした。「……らしいな」「……ならね」「ったく、……もいいかげんにすればいいのに」とかが全部つまった笑い方だった。

美術学校のデザイン科で、あいつほど、ひたむきで、情熱的で、くそ真面目にデザイナーというものに対して執着している奴はいなかった。講評の時、教室に課題をぐるっと並べると、皆、あいつの作品を探した。あいつの作品はすぐわかった。非常に独特な緻密さがあった。

その少し前、彼は、机の上に立ってズボンを脱いで、その下に女ものの黒いタイツをはいて腰をくねらしていた。おかしくも何ともなかった。バーカ。

電車の中で、クラスメイト一人一人がどんな死に方をするか、微に入り細にわたって描写したりして、気分が悪くなったが、実に人を良く見ていて感心した。本気でどなった友人もいた。するとたちまち土下座して、「どーか……ちゃんの事許してください」。バーカ。

五十年前である。貧しいことこの上もなかった。私は一年中同じスカートをはいていたし、彼はシャツに自分で絵具でイラストを描いて半ズボンに麦わら帽子をかぶって下駄をはいていた。五十年前でも下駄をはいていたのは彼だけだった。彼は母子家庭の一人っ子で、私も母子家庭で、両方とも中国からの引揚者だった。引揚者もたくさんいたなあ。三月十日の空襲で家族全部を失った男もいた。ベルトの代わりに縄をズボンに巻いていている奴もいた。みんなが貧乏というのはいいものだ。学生時代、私は貧乏が苦になったことが一度もない。

その変人奇人が、私にベッタリとはりついたのだ。帰ろうとするといつの間にか隣を歩いている。クラスの友人は誰も私と彼がいい仲などと誤解しなかった。私はジロチョーというあだ名で、男の子は私のことを女あつかいしなかった。気楽なお友達とみんな思っていて、青春の真最中、色っぽいことは何も起こらないのだった。

彼がはりついてくるたびに「ヤダー、アッチに行け」と初めのうちは言っていたかもしれない。そして私はつくづくデザイナーに向いていないのだった。私はどうしても直角が描けなかった。レタリングは最も苦手だった。

毎年夏に日宣美《にっせんび》という公募展があった。そこで彼は二度くらい、特選をとっていると思う。文学なら芥川賞である。ある夏、彼が私と一緒に公募展に出品しようと言ったので、私の四畳半の下宿で、作品を作った。私が水彩で、抽象的な模様と言おうか、形と言おうか、勝手に描くと彼は手描きの花文字のような、それはきれいな文字をレイアウトした。彼はその他に、自分の作品を自分の家でやっていた。それなのに、朝五時半ごろ、気がつくと四畳半の窓を開けて窓枠に顔をのっけて口笛を吹いていた。

そうして四年は過ぎていった。べったりとつるんだままだった。私は芯からデザイナー向きでなかったが、四年間、彼は私をおだて続けてくれた。俺がなぜこんなに一生懸命努力するかというと、俺は才能がないからなんだ、といわれた時は驚いたが、どうして自分に才能がないなんてわかるのか、私は自分の才能について考えたことさえなかった。

彼には女子美に恋人がいた。誰でも知っていた。だから、私と彼は妙な組み合わせだった。彼はどんなつまらない私のデッサンでもていねいに批評してくれ、私は実に素直にそれにうなずいた。作品について、彼の誠意と真実を疑ったことはなかった。

私はだれとでもお友達になる人だったが、男の友人たちは私を一人前の仕事をする人とは思っていなかったと思う。絵具をはみ出させる、ものにならない人間としか思っていなかったし、女としてみていた人もいなかったと思う。でも毎日がとても楽しかったのだ。今思い出しても素晴しい学生時代だった。私には彼の人格というものが理解できなかったし、今もよくわからない。誰にもわからなかったのではないか。

ある日、彼は「いいものやる。これお袋から盗んで来たんだ」といって、袋から茶色と黒のチェックのワンピースと黒いベストを私に押し付けた。

「やだよ、お母さんに叱られる」「いいんだ、もう忘れてるよ」。

彼の家に遊びに行った時、すごく美人でスタイルのいい知的なお母さんに一度だけ会ったことがある。ベストもワンピースも私にぴったりと寸法が合って、私はもらった。学校にすぐ着て行った。

そして卒業し、彼は日本デザインセンターという超一流の会社に入社した。そこでも彼は奇人変人をやっていたようだ。原弘《はらひろむ》という雲の上のデザイナーが社長をしていたが、社長が朝、社長室に来ると、「おはようございます」と窓から顔を出したそうである。そこはビルの六階で、彼はビルにぶら下がって待っていたという。卒業してからパタッと会わなくなった。一度だけ私が結婚する直前に会った時、はめていたロンジンの時計をはずしてくれた。四十六年前である。今彼がどうしているか私は知らない。うちのクラスはクラス会をしないクラスなのだ。

彼にとって私はどういう人だったのかわからない。少なくとも私は彼に恋心をもったことはない。しかし、あのように親しい男友達は学生時代、彼以外にいない。そして私は五十年間毎年黒いベストを着ている。ベストが出てくるたびに、無意識に握りしめたり、離したりしている。私はああ、ああ、と、声ともため息とも思えない音をもらしている。

私の中で彼は、麦わら帽子と半ズボンで下駄をはいたままである。

コッペパンと「マッコール」

私は十九の時、大きな女子寮に住んでいた。たたみ一畳が敷いてあるつくりつけのベッドと机が一つ入ったら人が通るのがやっとくらいの細長い小さな部屋で、壁が白くて日が当たらなかった。マリちゃんの部屋は半分地下室で天井に近い所に窓があって、その窓から往来を通る人の足だけ見えた。

九時が門限だったので、夜遅く、その平べったい窓から、足とおしりをつっこんで、天井から降りて来る人のために、マリちゃんは肩車をしてやらなければならなかった。グラマーな友達はどうしてもおしりが入りきれなくて、それを見ていた向いの交番のおまわりさんが、おしりを押してくれたりした。夜なきそばが通ると、マリちゃんの肩車の上でどんぶりを受取り大急ぎでそばをすすり込んでいる間中、夜なきそばのおじさんは、その窓のそばで笛を吹き続け、おじさんの足だけが見えていた。

夜なきそばが食べられるのは、大したお金持のときだけで、夜中におなかがすくと、マリちゃんと私は、音もなく食堂にしのび込んで真赤なのりみたいなジャムをべったりぬったコッペパンを盗んで、私のベッドにひっくり返って、ジャン・ヴァルジャンになったみたいな気分になった。ベッドから寝ころんで見えるところに私は、アメリカの「マッコール」という雑誌から破った料理の写真を、ベタベタ沢山はった。私の部屋にそれ以外の装飾物は何もなく、花一本なかった。

脂をしたたらせたローストビーフのかたまりに銀色のナイフが、ペロリとおいしそうなピンク色をしているのを一枚、今まさに切り落そうとしているのとか、かんづめの黄桃が、とろりと缶から出かかっているのとか、花畑のようにオープンサンドが盛大に並んでいるのとかを見ながら、私達は盗んだコッペパンを食べた。私はなんにも食べるものがなくても、そのおいしそうな写真をながめずにはいられなかった。

暖房のない部屋で、私は電気スタンドをふとんの中にもちこみ、ふとんの中をのぞきこむと目もくらむほど明るくて、マリちゃんはアイロンを入れて、ふとんがやけてふとんはアイロン形に穴があいた。そのベッドに寝ころんで古本屋から買って来た「マッコール」をながめた。インテリアの寝室の特集で、ピンクの花もようのシーツと、ばかでかいおそろいのピロケースに私達はおどろき、紫色の壁紙を貼った部屋の、紫色のベッドカバーやその上に散らばっているグリーンのクッションにため息をついた。

それらのものは、決して手のとどかない、とどくはずのない世界だった。時は夢の様に流れて、私達は「マッコール」よりも、もっと美しい日本の雑誌を見ている。

それは、もはや夢ではなくて、少し努力すれば、カフェオレとクロワッサンとかすみ草が朝日にすけて、白木のテーブルの上に、白い麻のランチョンマットに銀のスプーンの朝食なんか食べられるかも知れない。美しいインテリアをととのえ、吟味された食器を選ぶことは女のたしなみなのだ。私は、そんな雑誌を好んで喜んで見ながら、その美し過ぎる写真に当惑して、もっと美し過ぎると、何だか身の置きどころもなく恥かしくなって来てしまう。白木のテーブルにドロンワークのテーブルランナーなんか恥かしくて、シーツとピロケースをピンクの花模様なんかに揃えたりできない。それでも街に出れば、さからいきれない美しい品物に出会い、手に入れてしまうとき、私は心の中でうたう。「あーなあたの、過去など、知りいーたくないの」。そして、処女のふりをして、男をだまくらかしたような気になる。

そして、それを家にもちこむと、なるべく目立たない様に、何気ない風に、決して、雑誌のグラビアみたいに見えない様に気をつける。「マッコール」ははるかな夢であり、夢ならば恥かしくないのに、今見ている日本の雑誌のグラビアは、あの当時の「マッコール」を超えてはるかに美しくぜいたくであることが、私を落ちつかなくさせる。

久しぶりにマリちゃんの家に行ったら、マリちゃんは、白木のテーブルにモスグリーンのランチョンマットを敷いて、鶏のブドウ酒煮を、きれいなガラスのローソク立てに沢山の火をともしてごちそうしてくれた。

それでもマリちゃんは、やっぱりどこか、恥かしげに、気弱く、私は、「マッコール」のローストビーフをながめながら、コッペパンを食べた私とマリちゃんを思い出すのは、罪深い様な気がして、そのくせ、暗い廊下をコッペパン一つずつつかんで、手をつないで、しのび歩いた友情を、今でもお互いの目の中に読みとる。

下町の子どもたち

学生の時、お寺がばかに沢山ある下町××の叔母の家に下宿していた。空襲で奇跡的に焼け残ったベッタリと二階家が寄り合っていた一郭だった。くねくねと曲った土の道にとび石が置いてあり、雨が降ると石の下からぐちゅぐちゅと泥水がはね上った。近くにどうしたわけかレンガの高い塀のある所があり、若い時の根上淳が着物にからかさを差して撮影していたことがある。

そのレンガの塀の前に江戸時代の浪人の長屋みたいな家もあって、時代劇の映画をとっていたこともあった。その長屋にきれい好き過ぎるお妾さんが住んでいて、お妾さんは庭に二本水道を引いていて、一本はパンツを洗うためだという噂だった。たまたまそのお妾さんと銭湯で一緒になると叔母は私をひじでつっついて、「ほら赤むけになる程こすっている、足みてごらんなさい、まっ黒だから。汚いから手がよごれるから洗わないのヨ」とこそこそ声で言った。叔母の家は路地のどんづまりにあり、左隣と右隣に小学二年生のいとこと同級生の男の子がいた。いとこはタロー（実名）という名で右隣にジロー（実名）という名の子が、左隣にはヒデオ（仮名）という名の子がいた。タローはその年にいつもふさわしいその年なりの子どもでジローは丸坊主にしていてガキ大将で体も大きかった。ヒデオはぼっちゃん刈りがきっちりそろっていて、身ぎれいで秀才といううわさであった。ジローはあばれものでタローはしょっちゅう泥だらけで泣いて来る事もあった。三人はいつも一緒につるんで遊んでいたらしい。

ジローは勉強などしたこともないらしくタローは叔母にしりをひっぱたかれながら勉強して、すきあらば逃げ出そうとしていた。

ヒデオは多分みずから勉学に勤《いそ》しんでいたにちがいない。叔母は何かとヒデオとタローを比較し、そのあと必ず、「でも、何であんな根性の悪い母親から、優秀ないい子が育つんだろう。私もずい分いろんな人見て来たけど、あんな意地悪な目付きの人見たことないわねェー。自分だけ偉いと思っているのよ」と言うのである。

ある日タローがばかでかい貯水槽に落っこちてしまった。まだそこかしこに原っぱも沢山あったのだ。当然タローは泳げない。タローはその時死ぬと思ったそうだ。ジローとヒデオはタローが水にはまった瞬間パッと逃げたそうである。

そしてパッと逃げたと思ったジローは長い木の枝をさがして来て、それをタローにさし出した。タローは命拾いをした。

私も叔母も見たわけではないが、叔母は一生ジローちゃんはタローの命の恩人と言っていた。

「ヒデオちゃんはどうしたの」ときくとタローは「本当に逃げて家にかえっちゃった」。私は内心「ふーんそんな男はろくな大人にならないな。ジローは男の中の男だ」と思った。月日はあっという間にとび去り、長屋も叔母の家もなくなった。消防自動車が入れる道になったそうである。

何十年もたって、私はある大きな出版社の仕事でケイヤク書にサインしようとして、代表取締役の名がふと目についた。ヒデオと同姓同名である。同姓同名など沢山あるが、私は何気なく社長どこの人ときいた。「何だか家は××の方だってきいたけど」と編集者は言った。まだ叔母の家があったころ遊びに行くと、大人になったヒデオを見かけることがあった。きっちりと背広を着て小柄ながらキビキビと冷たいサラリーマンという感じだった。見るたびに私は「ひきょう者」と思わずにいられなかった。その頃は出版社の関連会社に勤めていた。間ちがいない、あのヒデオが社長の会社から私はお仕事をいただいていたのだ。タローを見捨てて逃げたひきょう者のヒデオの。

そして、ジローはフーテンの寅の様に暮しているそうである。

まるまる昭和

美空ひばりは昭和十二年生まれで私は十三年生まれである。私は彼女と同じ時代を生き、美空ひばりはまるまる戦後の昭和を生き死んだ。私は美空ひばりが死んだとき昭和は終ったと思った。昭和天皇が死んだから終ったのだが天皇よりも美空ひばりのほうが、しみじみ私に密着した昭和であった。昭和が終ったとき、私もほぼ人生が終ったのだと思い、平成はおまけだと認識した。

私は才能のない美空ひばりであった。

美空ひばりは子どものころから一家を支えていたから、彼女は二十のときは大金持だった。二十のとき、私は貧乏人だった。貧乏は別に悪いものでもなかった。私は卒業して給料をもらえばとにかく生きてゆけると楽しみにしていた。給料をもらったが、別にじゅうぶんではなかった。片親から金をもらう事が終った、解放感と自由が、なにより嬉しかった。

就職したのが、日本橋のデパートの宣伝部だった。店の前を左手に歩いてゆくと銀座だった。私の勤め先の少し先にもデパートがあり、その宣伝部にも友達が勤めていた。

私は閑だった。ふらふらと隣のデパートの宣伝部にしょっちゅう行っていた。行くとそこも閑らしくデザイナーが電話帖をパッと開いて、かけをしていた。忙しいときはデザイン室は火事場のようだった。

月給は一万三千円で、アパート代が八千円だったからやっぱり貧乏だった。友達のかけの仲間に入れてもらい、また通りに出ても閑なので、ふらふらと歩いていると、少し年上の従姉にばったり出会った。従姉は丸の内の大きな保険会社に勤めていた。「あんた、ちょっと来なさい」と私を丸善に連れて行った。私は丸善にもよくふらふらと行ったが、本しか見なかったので、丸善に洋服売り場があるのを知らなかった。従姉は目のさめるようなエメラルドグリーンのセーターとカーディガンのアンサンブルを買ってくれた。夢かと思った。

何十年もたって従姉は、「だってあっちからみすぼらしい女の子が来て、傍に来たら洋子ちゃんじゃないの。もうかわいそうになっちゃってさぁ」。

あのあざやかなセーターは輸入物だったと思う。私は自分では別にかわいそうだと思っていなかった。が、今思い出すと本当にかわいそう。かわいそー。

従姉の情けと気っぷの好さに泣きそうになる。それはずっと私のよそ行きになった。

その年の冬だった。私はオーバーをつくった。

オーバーがなかったのだ。古いダッフルコートをずっと着ていた。張り切った私は真っ赤な本当に火のように赤いコートをつくった。帽子のデザイナーの友達が残った布で帽子をつくってくれた。真っ赤なほおずきのように、てっぺんがとんがっている帽子だった。

全身真っ赤で、私は得意だった。

するとまた、従姉にばったり出会った。

「あんときは驚いたわ。そこだけ火事みたいな人が居るじゃない。そこだけとび出して見えたのよ、近くに寄ったら洋子ちゃんじゃない、まぁー驚いたわ」

従姉には乞食が突然トップモードの女に変身したみたいに思えて、中間の無い人だと思ったと言った。

私達は日本の経済成長と共に生きて来たのだと思う。美空ひばりは歌っていた。ずっと。

そのころ、学校のときはうす汚いセーターを着ていた隣のデパートの友人は、ピッタピッタの背広を着ていた。どこもそこもピッタピッタの細身のスーツである。それが、あの時代のトップモードだったのだ。ネクタイも細かった。あの男にも中間がなかったような気がする。

私は美空ひばりと同じ日に結婚した。そして、子どもを産んだ。私が妊娠した年はミニスカートが流行《はや》りだした。私の妊婦服はとんでもないお尻が見えそうなミニスカートなのだった。私の勤めていたデパートはつぶれて、それから私はフリーと言えば聞こえがいいが、どんな仕事でもたとえ五センチ×三センチ角でもイラストを描いて子どもが生まれる前の日も仕事していた。家もアパートから団地に住んだ。そしてその二、三年前には車も持った。スバル３６０の最初のモデルだった。意識より、物のほうが先行していた。私達の年齢の人達は十年前に自分が車を所有するなんて誰も思わなかったと思う。そのように日本は人間が追いつかないほど、経済成長をしつづけていたのだ。

美空ひばりはずっと歌っていた。心をこめて歌っていた。子どもが四、五歳になったとき、私は絵本づくりでなんとか食えるようになった。美空ひばりは流行とはなんのかかわりもない、ごってごての金らんどんすで美空ひばりの衣装をつけて日本中の人のために歌っていた。

私はせわしなくはためく、今見ると信じられないパンタロンをはいたり、先のとんがった靴をはいたりしていた。

私も離婚したりまた結婚したりまた離婚したり、子どもがぐれたり家を建てるときサギにかかったりしたが、明日の米がないという事はなかった。少しずつ少しずつ物資が豊富になることは、ありがたいと思うより、なんとなく当り前と思うのだった。成り金になったのに成り金の自覚がないのだった。バブルさえ当り前に思ったらしい。

そして美空ひばりの東京ドームの最後のコンサートがあった。私は美空ひばりの良いファンではなかったが、ひばりはこれが最後だろうと思って、無理してチケットを手に入れた。美空ひばりはすごい人だった。あの人には個人というものがなくて全身天才のひばりの固まりだった。私がものごころついたときの歌、例えば「東京キッド」から「川の流れのように」まで、どの歌のときも私はその時代を共に生きてきたという深い思いがあった。

そしてひばりは真っ赤な火事のようなドレスをひきずって消えた。そしてやがて死んだ。死んだとき、まるまる昭和が死んだと思った。

ひばりには余生というものがなかったが、私は余生を生き、凡人はありがたいと思う。ときどきドームのひばりの真っ赤なドレスを思い出す。そして私も火のようなオーバーコートの若い日を思い出しそれは昭和という囲いの中に似つかわしくおさまっている。

黒い心

シュバルツ・ハーツ

わたしの父は、外国人のことをケトウと呼んだ。マッカーサーもケトウでベートーヴェンもケトウだった。

「日本はいつ発見されたの」と父に聞いた時、「日本は発見されなくてもちゃんとあった。ケトウのいいそうなことだ」とはきすてるようにいった。

そして父は学校で西洋史を教えていた。

わたしの下宿のおばあさんは七十歳で、日曜日の午前中に風呂に入った。わたしが用事があって居間に入ってゆくと、すり切れた茶色とも紅色ともつかないビロードのソファーの上で素裸で、体中に白い粉をつけていた。驚いた私がドアを閉めようとすると、手まねきをして、さらに熱心に粉をはたきつけて、平気で話をした。

私は裸で人と話をすることよりも、七十になっても、熱心に粉をふりまいている西洋のばあさんに驚いた。おばあさんはうすもも色でひどくなまめかしいのだ。

朝食は二人で玉子一個ずつと、紅茶と、各々のソーセージを少しだけ食べた。私達は下手な英語で話をし、それでつまった時、おばあさんは私の独和辞典をめくって、指さしたり、私が和独の辞書をめくって、おばあさんの顔の前につきつけた。そして、二人は「ヤー、ヤー」と大きくうなずいて、また話をしていた。

朝食が終ると、おばあさんは一日中貸本屋の探偵小説を読み、私は学校へ行ったり、行かなかったりしていた。

隣に、孫娘が母親と住んでいて私は孫娘のアンジェリカの友達だった。大学で日本文学を勉強しているアンジェリカは、聞いたこともないような正しい日本語を話し、日本のことばは敬語が素晴しいのです、と、盛大に敬語をちりばめて、「あなたのおことば、どうしてそのように悪いのですか」と悲し気に首を振って、私を恥じ入らせた。アンジェリカは、「おばあさんはとても不潔、台所にはきたない虫がいます、おそうじしません」と遠くで鈴を振るような美しい声で私にささやき、「おばあさんは悪い人です。とてもけちんぼ、欲が深い。仲良くしてはいけません」と私に命令した。「おばあさんは、嘘つきです。遠くの友達に、嘘を言って、お金送ってもらいます」

アンジェリカの母親とおばあさんの間の長い歴史がどのようなものであったのかわ

からなかったけれど、アンジェリカが私に熱心に話をするに至る理由は十分あっただろうと私は考えた。そしてアンジェリカが言う事に嘘はないだろうと思われた。朝食の時本当に、お金がパラパラ落ちて来る手紙の封を切っているおばあさんを私は見たことがあった。でもおばあさんは、アンジェリカの悪口は一度も言ったことがなかった。

ある日おばあさんは、私の部屋のストーブに石炭をほおり込みながら、「シュバルツ・ハーツ シュバルツ・ハーッ」と歌うように言っていた。

私は、「それは何か」と聞くと、自分の胸に手を置き、「シュバルツハーッ」と言い、私の胸に手をあてて「シュバルツハーッ」と言いながらウインクをした。

私は、シュバルツが「黒い」ということで、ハーツが「心」という事はわかった。

そして、私は、ドキッとして、うろたえた。

おばあさんはさらに、「シュバルツハーッ」「シュバルツハーッ」とふしをつけながら台所の方に行った。私は辞書を持って、おばあさんを追いかけた。おばあさんはやはり「黒」を指さし「心」を指さした。

黒い心は、悪い心かと私は聞いた。おばあさんは、首を振り、黒い心を持っている人は黒い心を持っている人がわかるのだ、わたしもお前も黒い心を持っていると言った。

私はさらに、「アンジェリカはシュバルツハーツか」と聞いた。おばあさんは、両手をひろげて、首をすくめて、何も言わなかった。

私には、もうわかっていたのだ。ずい分前から、わかっていたのだ。おばあさんと私は同類の人間だということが。

アンジェリカと話をするよりおばあさんと居る方が、心地よいということが。おばあさんの悪口を言ってもアンジェリカは決してシュバルツハーツではないということが。そして、私は、シュバルツハーツと言われて納得いくものを充分に自分が持っていることが。

私はその時、すでに死んでしまっている父を思い出した。

「日本は発見されなくてもちゃんとあった」とはきすてるように言いながら西洋史を教えていた父もまた、シュバルツハーツの人だったのだ。私はビー玉のようにすき通る目のまわりをふちどっている金色のまつ毛を見ながら、「この人ケトウだったのか」と思った。

そしてケトウのおばあさんとまじまじ見つめ合いシュバルツハーツを分かち合っている私は、父のシュバルツハーツをたしかに受け継いでいた。

あっしにはかかわりのない…家

私の父は生涯自分の家を持たずに死んだ。

生涯借家か、社宅で、それも年がら年中の引っ越しだった。

その上貧乏人の子沢山、左翼かぶれで、私有財産を持ちたくなかったのか、事実持てなかった。日本高度成長の前にあの世に行ったが、生き永らえても家が持てたかどうかわからない。子どもの私達はそういう父と運命共同体だったから、子どもの頃から特別の思い入れのあった家などない。だから私も、家に特別の情熱というものをついぞ持ったことがなかった。

十八で東京に出て来てからも一円でも安いところを転々として、友達に、あんまり引っ越しをすると、就職にも不利で嫁にも行きにくいと言われた。

二十三で結婚したが、相手は生まれてから一度も引っ越しをしたことのない人で、二十三年間茶ダンスが同じところにあり、同じところにはしが入っていて、そのはしの置き場所も知らないというノーテンキな人だった。その時までに引っ越し二十数回の私は、二十三年間同じところにはしがあるという事に仰天した。

新婚生活モルタル二階建ての六畳一間からつれ込み宿の庭先のアパート、公団に当って風呂付きのところに移った時は天国かと思った。私は公団のたたみをのたうち回ってよろこび、朝から風呂に入り、風呂上がりにもう一回のたうち、また風呂にとび込んだ。

あの頃があの結婚で一番幸せだったなあ。あの結婚があればこの結婚もある。

この結婚は何だかやたら家が沢山ある人だった。

杉並の敷地に三軒の家が建っており、この結婚の主人の父親が亡くなると全部がこの結婚の主人が一人っ子なのでこの人のものになり、貧乏人を長くやって来た私は何やら憮然として、落ちつかずいつまでも自分の家の様な気がしない。大きすぎる靴をはいてパカパカ歩くみたいなのである。おまけに年くってこの結婚であるし、私は何と三度目の妻なので、なおさら、すぐにはなじまず、何かあると、このばかでかい家を捨て小さな自分の家に帰ろうと思うのである。くり返すが何年たっても自分の家の様な気がしない。

私はきっと、自分の家の様な気のしないこの家のどっかで死ぬのだろうと思った。

さらにこの結婚の主は別荘までお持ちであった。別荘？　ケーッという階級に定住していた私であるから連れていってもらっても、へーンわたしゃよそ者でという態度で、別荘族の悪態をついていた。

聞くところによると、この結婚の主人は、御母上のお腹にいた時から夏になるとから松林で涼んでいたそうである。

故郷というと杉並よりこの北軽井沢に深く執着しているそうである。この北軽井沢の敷地にも家が三軒あって、その一軒が、ほとんど二十年廃屋になったままになっていた。昭和三年に建てたそうで、御幼少のみぎりも、もの思う思春期もそこで夏をすごしたそうである。

写真を見ると、頭髪ふさふさの美少年が、ベランダで籐椅子なんかにすわって読書している。何ともハイカラな堀辰雄の世界みたいである。

私は床が抜けた廃屋の中で、「あンタ、これをそのまんま復元してあげる」と叫んだ。「金？　そんなもんはどーにでもなる」。丸腰の貧乏人はこわいもの知らずである。

「ねーこれが、もとのまんまになったら、嬉しい？」「嬉しい」「どれ位うれしい？」

「こーんな」「まかしておきなさい」。

工務店のオヤジに電話をしたのである。工務店の山本さんは、廃屋の中で柱をたたき、かべをさわり、「これこわさなくても大丈夫ですよ、その方がいいですよ」と熱心に言ってくれた。「でも、もと通りよ、全部もと通りになる？」「なります」。

それでも私は、台所と風呂場は今風の便利なシステムを導入した。

そして、山本さんは実にていねいに、修復工事をしてくれた。見違える様な可愛らしい家が出来た。今時わざわざこんな別荘を作る人は居そうもなくクラシックで質素である。

吹き抜けもなければ太い柱もない。チマチマと小さい部屋が、白いしっくいとこげ茶色の柱で支え合っている。どうしても修復のきかなかったところは細いすき間となってスウスウ風も入って来る。扉も少しゆがんでいるが、窓ガラスの模様入りのすりガラスも今時手に入らないもので、何よりこの結婚相手の少年時代がよみがえって来たのである。

私にはうかがい知ることが出来ないが、彼はどの様にこの家で、多感で幸せな時を過したのか。

外から見ると、年とってちんまりしてしまった婆さんが、きちんと化粧をして、健気にすまし返っている様に見える。

しかしこの家も私と何のかかわりの無い過去を持つ身である。

しかしこの結婚の相手は喜んでいるのである。

しかしあの結婚もした妻ともなるとめんどくさいこぶなどついていて、そのこぶは若いから、どやどやとわが夫の聖域に土足で入り込んで来るのである。

私はもう一つ小さな仕事部屋をプレゼントした。

真四角な作曲家マーラーの仕事部屋を真似したのである。

もう逆上したプロレスラーみたいな私である。それも山本さんにおねがいした。

私が家というものに熱心になったのはこの北軽の家だけである。

小さい仕事部屋は昔の小学校の教室みたいで、夫はそこで目をつぶって、モーツァルトなんかをきいている。

カチカチワープロなんかを打っている。

一年の半分はそこですごしたいなどとのたまう。

私達は熱心にそこで使うものなど、あれこれさがして持ち込むが、私って性質が悪いのね、どーも自分の家の様な気がしないのである。

そんでやってみたいのである。

やぶれた三度笠を深くかぶって、汚い縞のかっぱをひるがえして、口からピューと草をふっとばし「あっしにはかかわりのねえことでござんす」と言いながら、そこから立ち去りたい。主人の孫娘が、私の後姿を見ながら「カムバック　おばちゃーん!」。

先生と師匠

生意気なのか根性が悪いのか小学校から私は教師が大嫌いで、教師も私が好きでなかった。子どもを馬鹿にするでない。子どもは仲間の資質を天啓の様に峻別《しゅんべつ》するのである。教師は良い子が好きで、子どもは先生の良い子が嫌いだ。私に生涯、恩師と呼べる人がいないのは自分の欠陥のせいだと思っていた。

もう二十年以上前だったたか、脳がグチャグチャになってドドメ色の顔してゴロゴロころがっていた時がある。その時三十年以上前に知り合った奥さんが近くに住んでいてしっかりせよと抱き起こすように「謡《うたい》をやりなさい。お腹から力いっぱい声を出すのは体にいいのよ」と、週一回歩いてきっちりの時間に来てくれた。だがその時、私は謡曲が能の脚本だと知らなかった。私はやる気が全くでなかった。何にも知らないでいい、私の真似をしていればいい、理屈は言わないでいい。先生はそれだけ言うのである（奥さんはその時は先生になる）。一番初めに橋弁慶をやった。私は平家物語が大好きだったが、何もわからない。気味の悪い声を出して口真似していた。

「お腹の底から声を出す」

先生は私が声を出すたびに言う。やる気のない私は、先生が懸命に謡っている時に居眠りした事もあったが、気がついていたかも知れない。ある時、先生は「あなた素直よ、変な癖がない」。

私が素直？　先生は私の百倍の熱意と誠実さで、本当に一生懸命教えてくれた。台本のくねくね文字の横についているチョンチョンが楽譜だとわかったのは一年後であった。気が付いたら楽になった。先生は「あなたの声は力がある。これは生まれつきで天からの贈り物よ、下手でもいい力いっぱい腹から声を出す」。

地声がでかくて、人々に「聞こえているよ」と、たしなめられていた声であった。ある時若いもんが歌をうたっているのをぼーっとして聞いていたら「うたいなよ」「だって音痴だよ」。そして、何やらはやり歌の一節目の声を出したら横の女の子が一メートル位横っ飛びになった。「びっくりした」。私はどでかい声を出したのだ。それでも歌っていたら「おふくろ腹から声出すな!!」と合の手が入り続けた。フン、今の歌うたいは口先だけで唱っているのダ。

先生が家までやって来てくれる贅沢な稽古をどれ位やっただろう。だんだんわかって来ると、能はドラマチックなのである。天皇でさえ盲目の我が子を捨てたりする。人さらいに遭った我が子を探し続ける母がご対面になったりする。しかし、「あ、お母さん」とテレビの様にかけよったりしない悲しさ、うれしさ。

……ある日、「先生のところに行きましょう。悪い癖はつけていないから」と、先生の先生の所に連れていってくれた。

マンションの中に能舞台があった。会った瞬間ただ者ではないと知った。ただ者ではなかった。気迫と熱がこの世のものではなかった。手に扇子形の皮にまかれた棒を持っていて「違う」と小さな机をたたくと皆震え上がる程だった。パシッ!! 稽古場はたるんだ空気がピンポン玉程もなかった。師匠は無私の大きな固まりだった。無私だからこその熱意と気迫だった。私は人を敬うことが心うれしいのだった。

でも師匠は私には優しいのである。師匠に「私にもそれでたたいて叱って下さい」と言うと「あなたはそこまでいっていない」と笑われた。私は師匠とはこういうものなのだと稽古に行く度に思う。

手術したり再発したり、休む事が多かった私は死ぬまでに一度能舞台に立とうと決心した。師匠に告げると大きなやわらかい体で「よかった、よかった」と私を抱きしめてくれた。私は心から尊敬し愛する先生と師匠に出会った。神にも仏にも感謝している。私は運がいい。師匠が女か男かって？　そんな事は越えている師匠なのだ。
師匠は私にどの曲を選んでくれるだろう。日本人でよかったと思った。

わりとそのへんに……

子だくさんであったが、母はわりあい、整理整頓が上手な人だったと思う。時々「うちは、まるで子どもがいると思えないほど片づいている」とうれしそうに自慢していた。そういう母から生まれた私だが、父に「お前は味噌とくそを一緒にするのか」といつもどなられていた。東京に出て来て叔母の家に下宿している時、学校から帰って来ると、神経質な叔父が私のうしろから、私のぬぎ捨てたものを、目をつり上げて一つずつ拾って歩いていた。

母が七十七歳の時、ヨーロッパ旅行に連れていったことがある。どこにでも行きたがる遊び人だったから、そりゃもう喜んだ。喜んだが、スポンサーの私に「ありがとう」とは絶対に言わなかった。「ありがとう」と「ごめんなさい」を一度も言ったことのない人だった。

私は、旅行はとにかく荷物を少なくし、下着は古いものを使い捨て、本は読んだ分だけ破って捨て、たたみもしない衣類をボストンバッグに放り込む。しかし母は、二十キロ分の荷物を、大きなトランクに実に几帳面《きちょうめん》にきっちり入れていた。アクセサリーなどは小袋に入れ、晩さん用のワンピースも靴もあった。

ロマンチック街道をフランクフルトから上るスイス、パリまでのバスツアーだった。母はバスが止まるごとに、ノートに訪れた街の名前を書きつけていた。

母の様子が少し変だなと思ったのは、旅の行程も中ごろのことだった。ホテルを出発しようとした時、バスを止めさせたのだ。「化粧ポーチが無いの」と大騒ぎで、バスの腹におさまっている大きなトランクを運転手にとり出させた。化粧ポーチはトランクの中に入っていた。

化粧は母の命であった。何故そんな大事なものを入れまちがえたのか。いつもはハンドバッグに入れているのに、何でトランクの中に入れたのだろう。そう言えば、何であんなに何度も何度も街の名前を確かめたのだろう。

その半年後、母は病的に何でも忘れ始めた。さらに五年後、母の三面鏡の引き出しに入っているはずの化粧品がタンスの中から出て来たり、小さな袋の中にティッシュに包んだせんべいが一枚出て来たり、まゆ毛を八本引いたりした。トイレットペーパーがブラウスの中から二個も出て来たこともあった。

あらゆる引き出しの中に全く関係のないものがバラバラに入っていた（ああ、母さんの頭の中は、引き出しの中みたいにバラバラになっちゃった）。トンチンカンな言葉のやりとりよりも、私は母の引き出しを見る時、まるで母の頭の中を開いて見ているような気がして、そのたびにギョッとした。

ある日、引き出しの中からカラカラと口紅のころがる音がした。そこには一つだけ使いきった口紅が入っていた（母さんはもう脳みそが何にもなくなっちゃったの。使い切った口紅みたいになっちゃったの）。

九十になった時、母は自分では立てなくなった。

母にとって私は〝誰か〟になってしまった。その誰かが一瞬、母の子であることもあった。「私は洋子」と言うと母の目がカーッと見開き、「ウソ、ウソ……本当なの」と言ってダーッと涙を流すのだ。しかし次の瞬間、「あの子はいい子だった」と、すーっと現実から遠のくようだった。

「洋子さんて美人だった？」（いい子で美人だろ）

「そうね、美人っていうのではなかったわね」（不気味に正気じゃん）

私は大声で笑う。母も笑う。

「道子は？」とお気に入りの妹のことをきくと、「あれは虫のいい子だった」（これは神の声か）。「母さんたくさん子ども産んだね」という問いかけには「ううん、わたしは子ども産んでないわ」とめんどくさそうに答えた。

私もいずれ死ぬだろう。がんで死んでも、事故で死んでもいい。しかし痴呆だけはいやだと思っていた。しかし、生きる道は選べるが、死にゆく道のりは選べない。母だって痴呆になることを選んだわけではない。

今、母は「ありがとう」と「ごめんなさい」という言葉を、洪水のように口にする（あんた、一生その言葉を貯金してたのね。そして、一生を終える前に使い切ろうとしているのね）。

一緒にベッドに寝ころびながら、「ねえ、母さん、私もうくたびれたよ。母さんもくたびれたよね。一緒に天国に行こうか。天国はどこにあるんだろ」。

母は言った。「あら、わりとそのへんにあるみたいよ」。

美しい人

有難いと言おうか、面妖と言おうか、子どもはどんな母親でも美人だと思う時期があるらしい。母は大正三年生まれで、モボとかモガとかが湧き出した時代に若い娘をやっていて、そのモガだった。モダンガールのことである。大勢が着物を着ていた時、おっちょこちょいか、目立ちたかったのか、私は物ごころついた頃から、母のモガぶりがうかがえる写真を見ていた。モガはレースの手袋を着装し、こてで波うたせた髪にでかい帽子をななめにかぶり、ダラリとしたワンピースにコンビのハイヒールをはき、絹の靴下がのめりと光っていた。アッパッパーなど発明される以前で、なかなか本格的洋装にとび込んで、母がというのではなく若い娘の肉体が妙に肉っぽく見える。私は母だけをうっとりと見て、憧れに近い気持さえもった。写真屋で撮った写真なのであるが、写真屋に行くくらいだから、やはり特別なことだったのだろう。その中に母よりもっと美しい人を発見する。

二人で並んでいる写真も、一人で写っているブロマイド風のものもあった。その人の写真に着目するようになって、私は母をまじまじとリアルに観察するに至り、私が母を美しいと思った短い年月は終った。

終戦後私たちは日本へ戻った。母は東京に戻りたかったと思うが、祖父や姉弟が生きているのか死んでいるのかもわからなかった。父の郷里にとりあえずたどりついた。父は東京へ行き、戻ってきた時、「生きていたぞ」と祖父たちの消息を伝え「家も残っていた。良子の婿もいたぞ、子どもも二人いた」。大空襲の真っ最中の下町だったから奇蹟に近かった。

そのように日本中の人間が生きているか死んでいるか、うようよとわからなかった。ラジオで「たずね人」というコーナーがあった。

私にはラジオは一日中たずね人をやっていたような気がする。「〇〇頃〇〇〇町にお住まいの××様、あるいは消息をご存じの方は××県△△にお住まいの××様が探してらっしゃいます」と住所をくり返すのだった。

母は「たずね人」にあの美しい人の消息を求めたのだった。子ども心に母は勇敢だと思った。

そしてその人から手紙が来た。たぶんこれも奇蹟だった。母が心から求めた女友達だったということがわかった。女学校で彼女らは「S」というものらしかった。学校中が「S」関係に満ちていたらしく、同性愛というものでもなく特別な親友という程のものだったのだろう。

美しい人のご主人は亡くなっていた。私は母が父と話すのをわきで聞いていただけだから、はしばしを耳に入れただけである。病死されたのか戦死だったのかわからないが、未亡人というものになっていた。

子どもが二人いる。美しい人は働いている。美しい人は、家柄の良い豊かな家の娘だったらしい。家柄にふさわしいそれなりの結婚をしていた。

未亡人など戦争で量産されたのだからめずらしくはない。

私は子ども心に母が親友に同情と優越を同時に持っているのが感じられた。

「保険の外交をねェ、あの人がねェ」

母はその後、彼女と幾度か会ったと思うし手紙のやりとりもしていた。

私たちは貧しくあわただしく生き続けた。そして母も突然未亡人というものになった。まだ葬式も終ったか終らない時、美しい人が家にとび込んできた。本当に美しい人だった。スラリと背の高い身に仕立てのいいスーツをまとい形のいいハイヒールだった。何より知的で、品格というものに私は驚いた。今ならあれくらいのバリバリのキャリアウーマンはめずらしくないが、私には光るように思えた。

美しい人は母に「東京に出てらっしゃい。私の仕事のルートを全部あなたに分ける。保険の外交といっても私は大きな会社ごとの保険だから、玄関に一軒一軒たずね歩くのとは違う。初めは私と一緒に仕事を覚えていけばいい、女一人で私は母も二人の子どもも育てた。そのへんの男よりも経済的には負けない。あなたならできる。子どももみんな大学に入れましょう」。

私は今でも思う。彼女は母の本当の友達だったのだ。未亡人になったら明日から金に困るのだ。優しい言葉だけの同情が何の役にも立たないということを身をもって知っていたのだろう。あの人に浮ついたところはなかった。誠実で真摯で、本当に母の人生をともに分かち合う覚悟も感じられた。当然大きな責任も生じるであろうことも、東京から、とるものもとりあえずとび込んできたことでも母への思いに私は圧倒的なものを感じた。

しかし母はそう受け取らなかった。

その後母はたびたび私に言った。

「一体どういう人なのでしょう。主人を亡くして何日もたたないのに、保険の外交をやれって、本当にあきれる」

母はその時嘘でもいい、耳にやさしい慰めと同情を欲していたのだろう。あるいは現実に目をつぶりたかったのかもしれない。結局母と私たちの身のふり方は父の友人たちによってなされた。

家もなく貯蓄もなく、あるのは育ち盛りの四人の子ども。母は父の友人のつてで地方公務員になり、奨学金と称して、父の友人たちに大福帳が回され、その組織力というものはやはり男の社会の中でなされた。それは男たちの父への友情であったと思う。

そして私は今になって考える。

あの美しい人はその男の社会の中でただ一人戦って、自らの生活を勝ち取ったのだ。やがて、母はしだいにふてぶてしい未亡人となり、強くたくましくなっていった。美しい人の息子は医者になり、娘は結婚していった。その前に立派な家も建てたという。何かの消息のたびに母は言った。

「でも何という人でしょう、主人を亡くして幾日もたたないのに、保険の外交員になれって言ったのよ」。あの時、母と美しい人の友情はこわれてしまったのだろうか。

母は友情に甘い幻想を期待していただけなのだろうか。

あるいは言葉が足りなかったのかもしれない。

東京へ出て、四人の子どもを守る自信が本当はなかったのだと。月給取りの女房だった自分が、安定した収入がない仕事はこわかったのだと。保険の外交員というものに差別感があったのだと。

もし母が正直に訴えたら、あの美しい人はきっと理解してくれただろうと今でも私は思う。

しかし母は正直にはなれなかっただろう。

母は友情を求めていたのではなかったのかもしれない。彼女を支えていたのはある種の虚栄だったからだ。母は社交の好きな人だった。そして社交の上手な人だった。

社交の中にどうしても交ざる小さな嘘も必要な人だった。

外地にいて豊かな生活が営めていた時、母は、あの美しい人に自分の幸せな生活を何枚もの写真にこめて、送っていたと思う。

その人からも、そういう便りはあったと思う。大人になってから母の写真を整理していた時、しゃれた洋館の前で、着物を着て白い椅子に坐っている美しい人の写真が出てきた。裏を返すと、シンガポールにて、昭和九年と書かれてあった。

四十年後、私はそこがシンガポールのラッフルズホテルだったことを発見した。

シンガポールのラッフルズは世界的にも一流の有名なホテルだった。

昭和九年、ラッフルズに宿泊できる境遇の人だった。たぶん新婚旅行だったのかもしれない。

四十年後、私は偶然、その人が写真を撮った芝生に立っていたのだ。

その人は亡くなっていた。

その人は私の友人ではなく、その人について私はほとんど何も知らない。

十代の終りモガだった少女たちは戦争をはさんで長い人生を懸命に生き続けた。

どちらがどうと言うつもりはない。

しかし、今でも、私は父が死んですぐとび込んできた、その人の女の友情を貴いものだと感じてしまう。

私にも少女の時代があった。学校でさんざんしゃべって帰ってきてからも、すぐ自転車で家まで遊びにいった。べたべたとくっつき合う私たちを見て母は言った。

「そんなものはいっ時のものよ」。その時私は母を憎んだ。私たちは一生親友だ、ぶちこわすようなことを言ってほしくなかった。

しかし年月が重なり、それぞれが違う人生を歩み、今、私はあの時の友達と会っても、互いに話すべきことを失っている。

大切なことが互いに違うのだ。

同じ未亡人になった時、たぶん母とあの人とでは、大事なことがすでに違っていたのかもしれない。

「何という人でしょう。主人が死んで……」ということばはそれだけではなかったのかもしれない。資質の違いや生き方の違いを母は動物的なカンでかぎとっていたのかもしれない。

しかし「たずね人」にあの人を求めた母は、私に開拓時代のワイオミングの女を思い出させる。

極端に女が不足していた時、ワイオミングの女は女友達に会いにいくために三日がかりで馬をのりかえのりかえ行ったという。

あの混乱した時代、母はモダンガールだった楽しかった青春を呼び戻したかったのだろうか。

年寄りは年寄りでいい

年月に逆らう生き物がいるだろうか。

がんばっているのは屋久島の屋久杉位ではないだろうか。しかしあれはがんばっているのではなく、天寿の全うを生きているのである。

しかし人間は年月に逆らって生きるのが、値打ちがあるらしくいつの間にかなった。テレビを見ていると、広告だけのチャンネルなどある。ほとんどが、美容、それもいかに年月のゴマカシをうまくやるかにつきていると思う。整形など、何のうしろめたさもなく、どしどしと結構かわいい子なんかもしているらしく、私の横で「あれ鼻整形」「これコラーゲン注入」などと叫ぶ整形評論家のおばさんもいる。

なる程みんなかわいい。大体普通の女の子にブスが居なくなり、足もどんどん長くなっていって、おしゃれも世界一力をこめているのではないだろうか。

日本は平和で素晴しい。

九十過ぎのじいさんが冬山に死にものぐるいで登ったり、海の中にとび込んだり、鉄棒で大車輪をやったりする。

そして年齢に負けない、と大きな字が出て来る。

私はみにくいと思う。年齢に負けるとか勝つとかむかむかする。

年寄りは年寄りでいいではないか。

こんなばかげて元気な年寄りがいるからフツーの年寄りが邪魔になるのだ。

実に若々しい女を知っている。六十近いが、十歳は若く見える。中身はもっと若い。そのへんのネエちゃんと同じである。

「ねエ、六本木ヒルズ行った?」。「表参道ヒルズ行った?」。行くわけがねエだろ。

その女は年齢相応の中身は外見と同じに無いのである。私は七十になるが、それなりに人生を生きて来た。赤貧を洗ったし、離婚もした。回数は言わないが、くっつくのは何の苦労もいらないが離れるのは至難の業と、とんでもないエネルギーでぶっ倒れる。

一生の一瞬の光が人生の永遠の輝きである事もある。そして人は疲れる。引力は下からくるから皮膚は下方に向かって落ちて来て、七十年も毎日使えば骨だって痛む。しかし、しわだらけの袋の中には生まれて来て生きた年齢が全部入っているのである。

西洋は若さの力を尊び東洋は年齢の経験を尊敬し、年寄りをうやまい大切にする文化があった。そして静かに年寄り、年寄りの立派さの見本がいつもいた。私はそういう年寄りになりたい。

Ⅱ

大いなる母

もううんと前に私は河合隼雄先生と小樽のキャバレー「現代」というところに居た。キャバレー「現代」は開業昭和二十三年という古い古い伝統？　を絶やさず営業しているところであった。小樽の鰊《にしん》業も廃れて、鰊御殿も無くなっていた。キャバレー「現代」は鰊御殿ではないが、たぶん限りなく鰊御殿に近いのではないかと思われたのは、ばかでかい木造建てののっぺりした建物で、二階建てに見えて二階建てではない、妙にガランとした巨大な空間であったからだ。

そこでは開業以来のホステスがそのまんま働いているのだ。

厚化粧したホステスは六十をはるかに越えていると思われ、しかし果敢に背中がザックリあいているど派手なドレスのスカートを大きく波うたせて、高い高いハイヒールをはいて、男と踊っていた。何人も何人も同じ様で区別がつかない程で、踊っている男はとんでもないじいさん達であった。例外なくじいさんで、それがなかなか陶然とステップをふんでいた。曲がまたひどく古いブルースやタンゴで、なつかしいなどと表現したら甘く、なつかしさをまたぎきった、特別な時限と空間だった。

中二階にバンドが楽器をたずさえて何人か居たが、これがまた、すべて老人であった。

私が小樽に来る前に週刊誌の小さな囲み記事に「日本で一番古いキャバレー」として紹介されていた。

ゲテもの好きの私が、先生を誘ったにちがいない。先生も私も昼間は上品な童話賞の審査員だったのだ。

私はひどく満足した。そしてよく見れば見る程凡人の私は笑いをこらえるのに苦労していた。私が先生をただものではないと感じたのは、先生は子どもの様にただただ驚いて、口を半びらきにして、あの細い目が、目いっぱいひろがっていたからだ。半端なインテリの様にわけ知り顔をしたり、下らないもういいよとか言わずに、ただただ驚いているのだ。

大人になってただただ驚くという事は難しい。私はその時、あらゆる人の心に驚くという先生の「心」の専門家としてのだだっ広くどこまでも深い人としてのあり様にショックを受けた。

先生は有名な駄ジャレ屋だった。

会話の半分は駄ジャレだった。

「僕の仕事は、病気の人を常識人に仕立てることです」

「僕は偉大なる常識人です」と言われた事もある。

「でも芸術家は治してはいけないんです」

スポーツ選手が先生の患者だった事があり、先生はフツウの人に戻そうとして、病気が治ったら、そのスポーツ選手は並の人の記録しか出なくなってしまった。「僕は間違っていました」。

先生は学校で講義し、沢山の本を私が読むより早く出版し、日本中にもぐらたたきの様に出没して講演をし、クライアントも持っていた。あんまり忙しいので新幹線の中で、クライアントの話をきく事もあると言われた事もあった。

病んだ心と対峙する事は本当にしんどい事だと思う。だから、あんなに駄ジャレを言うのかも知れないと思った。

いつか対談した事がある。

「私が何か言うと男の人がうしろにとびのく様に感じる事がある」

と訴えた事があった。

「それは、佐野さんが本当の事を言うからです。みんな本当の事は嫌いなのです。本当の事は言ってはいけません」

私は何かとても恥かしかったが、自分で、何が本当であるか本当でないかわからないのだった。

中空の重要性を先生は大事に考えていたと思う。私には中空を理解する事がとても難しかった。

一週間位前にわかった。老子を読んだらわかった。

道の働きはなによりもまず
空っぽから始まる
それはいくら掬《く》んでも掬みつくせない
不思議な深い淵とも云えて
すべてのものの出て来る源のない源だ。

その働きは鋭い刃をまるくする
固くもつれたものをほぐし

強い光をやわらげるそして
舞い上った塵を下におさめる——

——加島祥造「タオ」より

そういう事でいいんですか、先生、違うかも知れません、わかりません。

いつか、先生と清水眞砂子さん達と童話賞の審査員をやった事がある。私と清水さんの意見が対立して、ヒートアップした。私と清水さんは意見のくいちがいをとても面白がっていた。出来ればもっとヒートアップしたかった。

すると先生が、五分休みましょうと言われた。やられたと私は思った。五分休むとヒートアップは死んでしまう事が予想出来たからだ。

先生にやられた。

私と清水さんはホテルで同室だった。私達は『先生にやられてしまった』から、手のひらの上をころげ回されてしまった事に「何だよう」とか「あれはないよねぇ」とか不平を言い合った。

たぶん先生は日本人の「和」という事を大事に考えていたのだと思う。対立を好まない日本人を先生はよく知っていたからだ。

先生と知り合って二十年以上たったと思う。

先生は何だかとてつもなく大きなものに思えた。いつも。

そして、二十年前と亡くなる前と外側は全く変らなかった。二十年前にすでに老成していたのか、二十年たっても何にでも驚く若さが、年月を消滅させていたのかわからない。

先生はおひさまにあててポカポカふくらんだ座ブトンの様な顔をしていた。

そして細い目に小さな黒目が上についていた。私はその目がこわかった。先生はいつもふくらんだ座ブトン顔で笑顔で優しかった。でもあの細い白目の上についた黒目が、もしかしたら決して笑っていなかったのではないか。今は思い出せない。

私は母との葛藤が母の呆けによってとけた事に自分でコウフンして、長い手紙を書いてしまった。しばらくして、先生から宇宙はその様に廻っているのです。という返事をいただいた。

そしてそのすぐあと先生が倒れられた。私は先生に甘えていたと思う。まるで形にならない大いなる母に対してのように。

いま、ここに居ない良寛

「良寛さま」という名前だけは、子どもの時から知っていた。じいさんの坊さんが、子どもと鞠《まり》をついている絵をどこかで見たような気がする。子どもと遊んでくれる優しいお坊さんが昔いたんだと思っただけだった。坊さんなど、子どもに何の縁もない時代に私は生きて来た。いや大人になっても坊さんは葬式と法事の時に一瞬現れるだけである。大人になって新しく良寛が私の前に立ち現れたのはその書によってであった。

私は未だかつて、良寛のあの様に美しい日本の文字というものを見たことがなかった。特に私は書に興味も教養もあるものではない。私が見たのは、印刷物に於いて、あるいは、どこかの展覧会で偶然目にしたにすぎない。私にとって、多分良寛の書は絵画であったのかも知れない。しかし、生涯たった一枚の良寛の書を見ただけであったとしても、私は忘れることができなかっただろう。

「小母さん、ヨシヒロって誰だい」

　私がこの原稿を頼まれて、にわかに、数冊の良寛に関する書籍を重ねて読んでいる時、近所の若い男の子が遊びに来て言った。

「エッ」

「ほれ、これ、ヨシヒロだろ」

　私は仰天した。

「あっ、あんた、リョーカンさん知らないの」

「知らねェーよ、これリョーカンってよむのか」

　サリンジャーも、スティーヴン・キングも知っている男の子である。

「あのさ、子どもと遊んだお坊さんの話、知らない」

「知らねェーよ、どういう人なの」

　と言われて私も、ぐっとつまってしまった。何と言えばいいのか、私だって知らないのだ。

「何した人なの」

「……………」

「何で有名なんだい」

「………」

「偉いんだろ……」

「字がすごいんだよ」

「ふーん、それだけ?」

「………」

「あのさ、アッシジのフランチェスコ知ってる」

「知ってるよ、フランチェスコ修道会の小鳥に説教する奴だろ」

良寛は知らなくても、アッシジのフランチェスコは知っているのだ。アッシジの聖フランチェスコ聖堂へ二度も行っているのだ。

「あのさあ、小母さん、坊さんて、何で、すげえ貧乏すると偉くなって有名になるんだ。金持の坊主は偉くないのか」

「あ、あ、あ、宗教はどうしても政治とつるむから、ムニャムニャ……」

別に良寛を知らない私の若い友人を弁護するわけではない。彼は普通の日本の若者である。そして、彼と五十歩百歩の私も又、普通の日本の小母さんである。

私は数冊の良寛に関する書物を読んだ。しかし、読む前とほとんど同じだったかも知れない。私は良寛と遊んでもらった子どもだったらよかった。良寛に一鉢の米を恵んだ農家の女房だったらよかった。

生きている人間が発するその人間としての生きている魅力なり人柄は、さわって、匂いをかいで、声をきいてその顔姿をこの目で見なくては何とも言えないのである。良寛があの膨大な詩歌と書を残さなかったら、子どもと遊んだ乞食坊主は、その死を、肌身で知った人々にのみ哀切に惜しまれてやがて忘れられたのではないか。

多分彼は、すぐれた宗教人と言うより宿命的に芸術家だったのだと思う。芸術家の業はあざといものである。冬の雪に閉ざされた五合庵で、宮澤賢治のような、「少しの米と一束の薪があればよい」というような詩を書いているが、その孤独を表現せずにいられなかった芸術家だった。

芸術と信仰ほど、水と油の様に反発するものはないと私は思っている。芸術とは、捨てるに捨てられない自我が生むものである。信仰とは自我を捨てるものではないか。芸術は大きな真実と大きな嘘を含むものである。

そして、表現されたものは残り、人間は死ねばその人間性もほろびる。才能と人格はその才能が大きければ大きい程無関係のような気がする。

私は生身の良寛さんをこの目で知りたかった。そして芸術などとは無縁の子どもとして、良寛さんに遊んでもらいたかった。年老いて、そういう坊さんが居たことを忘れられない慕わしい人柄を孫に話してやりたかった。

子どもと共に生きる目

六十年前にも幼稚園はあった。中国の大連で、私は幼稚園に何日か行ったが、自分でやめた。目のつり上ったおでこがばかにでっぱった三角顔の男の子が、ブランコを横にゆらして私のブランコにぶつけて来たのだ。私は恐怖で動転し、次の日から家の前の道にしゃがんで、棒で土をつついて何の退屈も感じなかった。

それから日をおかず私がしゃがんでいる十メートル位のところを子どものかしましい集団のはしゃぎ声がきこえた。幼稚園の遠足だという事がすぐわかった。ほぞをかむという事はあーいう事を言うのか。時間は逆流しないという事が初めてわかった瞬間だった。私は遠足というものに行きたかったのだ。子どもの生活にスケジュールというものはない。その瞬間瞬間を生きているだけだ。自分でやっちまった事の結果は自分にかえって来るという事もわかった。羨望で私はふくれ返っていただろう。幼稚園の思い出はそれ一つである。

ブランコをぶつけて来た男の子は常に凶暴だった様な気がする。私はおびえていたと思う。そこで女友達が出来た記憶もないし、いても忘れてしまったのだろう。幼い集団には必ずそういう子どもが存在するように出来ている。その子がヤクザの親分になったとも思えない。普通の子どもだったと思う。現実とはそういうものだ。

そして月日は過ぎ自分の子どもが保育園に行くようになった。私は母になり母の耳であり目であった。母の目でしか子ども達を見る事は出来ないのだった。ある日、保育園に子どもが入るやいなや、七、八人の女の子がわが子めがけて走りよりわが子は女の子の山にうずもれて見えなくなった。一人の女の子は上ばきを息子にはかせ、ある子はかばんを外して壁にかけに行き、わが子は両手を二人の女の子にとられてよろよろしていて、皆口々に息子の名を呼ぶのだ。おお、息子はモテ男なのだった。何という男の一生が始まるのだ。

私の得意は天までのぼった。

そして何日かした後、保育園についていても、息子はポツンと一人で立っていた。女の子はタキちゃんにむらがって行っていた。ブームは去ったのだ。あー何というきびしい一生が続くのだろう。

又、よく見ると女の子にむらがる男の子達がいた。私は保育園で人生の深遠を発見した。その女の子は三歳にして女の達人なのだった。いつもスカートをグルリと自分の周りに円くひろげて坐っていた。そして上目づかいで男の子を見、うつむいてスカートのすそをさわって、くねくねしている子だった。その子が水道でくねくね手を洗うと男の子がむらがってドーンとその子に体あたりしていくのだ。四人も五人も。そして外の蛇口は空いている。その中にわが子も居るのだ。あー男の馬鹿な一生が始まるのだ。

いとしいのは自分の子どもだけだった。ついでにその友達をかわいいと思った。私の目はわが子が四歳なら四歳の子どもに、十歳になると十歳の子ども達に移動していくのだった。

子どものための読み物は嘘八百であらねばならぬ。そしてその嘘八百にこの世をしっかりと見つめた「ほんと」がなければ成立しないと思う。「ほんと」はリアリティーということである。

私の中にあるのは、自分が子どもだった時の内なる子どもと、母となって外側から母として子を見て来たあまり客観的でない子ども達である。子のない作家も傑作を書く。彼等は巨大な内なる子どもをもちつづけているか、あるべき子ども像をしっかり持っているのだろう。あるいは無類の子ども好きであるのかも知れない。しかししばしば子どもが嫌いな人も傑作を書く。

丁度、子どもが保育園に行っている頃『いやいやえん』（中川李枝子著／福音館書店）に出合った。私は目のさめる思いがした。それは保育者の目であった。毎日子ども達と生活し、子ども達を見守り続ける客観的でありながら子ども達と共に生きて子ども達の世界を共有している目であった。同じ職業の人たちは沢山いる。しかしそれを『いやいやえん』という傑作に表現出来た人は特別な選ばれた人だと思う。

私はその時、もう知る事が少なくなってしまった子どもの集団にこのように慈しみと子どもの細部を見守ってくれる人がいるのだという事が、非常に嬉しかった。そして私は驚きつつ日本中の子どもを、いや世界中の子どもをいとしいと思った。『いやいやえん』の出現は（私は少しも詳しくはないのだけれど）日本の児童文学史の中の大きな事件であったと思う。突然にそびえ立った生命が躍動する、大きな若々しい樹であったかも知れない。

その頃子ども達は『いやいやえん』を母親からあるいは幼稚園で、読んでもらってみんな知っていた。

「では、つぎに、のせるものをきめよう。」

「くじらをつるんだから、てつのつりざお。それと、みみずをいっぱい。」

みんなは、ふねからとびおりて、てつのつりざおをとりにいきました。

てつのつりざおは、とてもおもいので三人がかりでやっとふねにのせました。

みみずも、みるくのあきかんにどっさりとりとりました。

＊

ごはんがおわって、かるたをしているうちに、

「ぞうとらいおんまる」は、ついにうみのまん中へでました。

＊

とつぜん、白いなみの上に、山のようなくろいせなかがうかびあがりました。

「あっ、くじらだ！」

＊

そして、せなかから、しお水をいきおいよくふきあげました。

「うわーい、たいへんだあ！」

＊

「あ、きゅうにくらくなった！　あらしだ！」

＊

ふねの上の人たちは、そのたびに、とびあがったりころがったりします。

＊

「あ、りくがみえてきた！」

＊

くじらは、りくにむかってぜ、ん、そ、く、りょ、く、でおよいでいます。

＊

ちゅーりっぷほいくえんの子どもたちは、はやく、くじらがみたくて、はたをつくってまっていたのです。

「おかえりなさーい。おかえりなさーい。」

＊

くじらのもらった花わは、とくべつ大きくて、ばらぐみの子どもぜんぶではこんできました。

＊

くじらは、花わののったあたまを、ちょっとみんなのほうにさげてから、およぎだしました。

――『いやいやえん』「くじらとり」より

子どもはつもりにすぐなる。平気で時空をすっとぶ。つもりは嘘でも本当でもなく本当である。しかし子どもの想像力はちりぢりばらばらにすぐなり、しまいにしりつぼみになったりまとまらない。あげくの果てにはけんかになってバーカ、で夕日が落ちて来て、カラスがなくからカーエロで多分、子どものつもりは分子の様に細かい破片となって天空にびっしり舞っているだろう。

『いやいやえん』はちゅーりっぷ保育園の床の上のつみきの舟から大海原に出航し、くじらと出合い、嵐とたたかい、めでたく又ちゅーりっぷ保育園に戻って来る。壮大な冒険物語である。

私は読みながら、遠い昔の内なる子どもに出合った。しゃがんで赤まんまをごはんにしてままごとを一緒にしたひさえちゃんの髪の毛の匂いがよみがえる様な気がした。

そして四歳位の息子達のやわらかいうでを何本も何本もさわっているような気がし

た。たきちゃんのほっぺたのうぶ毛さえ見える気がした。くじらの大きな花輪をはこんで来る女の子の中に私の知っている女の達人も並んでいるような気がした。『いやいやえん』を知った子どもは息をのんで、子どもである自分を生きたと思う。こりゃ、天才だわ。この子どものリアリティーと奔放さ、そしてその世界そのものの品格。

私は『いやいやえん』の出現を本当に嬉しく思ったことを思い出す。これは永遠の子どもの古典になる。出現その時にすでに真新しい古典の風格があった。

そしてその通りになった。

今三十位の男や女にきいても、知らない人は居ない。

こういうものが日本の文化の遺産である富士山の様なものだ。

いつ読んでも永遠なる子どもの世界がある。

気持が広々とき放されて、かがやかしい光の中で、もう一度子どもの心をとり戻す。

イギリスのどこの家にもサキ短編集があるそうである(嘘かもしれないが)。私は日本が、子どもがいる人もいない人も、『いやいやえん』が一冊ずつある、やわらかな知性とユーモアを含んだこの本がある高級な国でありたいと(嘘ではない)願っている。この宝物、たった一二〇〇円+消費税です。

何も知らない

私は何も知らない。何も知らないまま死んでゆくと思う。庭に草が茂っている。あざみとききょう、虎の尾、その他に二つ三つの名前を知っているだけで、無数の名も知らぬ草はそのまま知らずに終る。名を知って、それ以上のことはさらに知らない。空一面に星が散っている。私は宇宙の何であるか知らない。そこにあるもの見たものだけで、何も知らずに生き続けて来ている。地球の上に生きる人々のことを、何も知らない。ロシアについて、私は何も知らない。

四歳の時初めて白色人種の男を北京のチンチン電車の中で見て驚いた。私は驚いて、一緒にいた父の上着をひっぱってその男を指さした。父は押し殺した声で「人を指さすもんじゃない」と恐ろしい顔をした。私は恥かしさで固まって、二度とその男の顔を見られなかった。本当は珍しさのために、なでくりまわす程、見たかった。私が初めて見た白色人種の男は北京のロシア人だった。

「イワンの馬鹿」という童話を子どもの頃から知っていた。イワンはロシア人だった。どうして「馬鹿なイワン」じゃないのだろうと思ったが「イワンの馬鹿」は「イワンの馬鹿」だった。わらしべ長者の気のいい主人公よりも、「イワンの馬鹿」は広々と大きくスケールがじんわりでかいように子ども心に思った。そしてロシアがどこにあるのか知らないのだった。そして私はいろんな国の童話や民話の中の馬鹿を知る。どうして世界中のどこにでも馬鹿はいるのだろう。そして私は馬鹿がどうしてあんなに好きだったのだろう。正直言うと、強く賢い王子よりも、馬鹿は安心するのだった。やがて馬鹿が、賢く強い王子に成り上がったりすると、安心と残念の中で苦しむ子どもだった。

それから、トルストイやチェーホフを読んだ。ドストエフスキーも何冊か読んだ。読むには幼なすぎる年齢の時に。

そして実に難儀を強いられた。長ったらしい名前、中黒が二つも三つもついている。その上、愛称がある。私はロシアの小説を読むとき、紙とペンを側に置いて名前と系図を書かねばならなかった。そしてやっぱり混乱してグチャグチャになった。行ったこともないのに地名が美しかった。モスクワ、ペテルスブルグ。ペテルスブルグがレニングラードになった時、それは私にとって別の土地になった。サモワールの実物を見るまで何十年も私はサモワールが何かわからなかった。しかし、サモワールは素敵なものだった。わたしはサモワールを使ったことはない。だから、何も知らないのと同じかもしれない。

チェーホフの芝居を何回か見た。日本人の役者がロシア人になったつもりで、沢山いろんなことを言ったり、動いたりしていた。私は「かもめ」の最後で若い女が「私はかもめ!!」と叫ぶように言った時、何かとても恥かしくて、何が恥かしいのかわからず、唯、自分が恥かしくなるのだった。まして、没落してゆく貴族階級の悲しみなど、引き揚げ者の私には、どうにも共感しにくく、劇場を出る時、ムッとした気分になっていた。そして、私はロシア人の友人など一人もいないのだから、生きているロシア人がどんなんだかわからない。チェーホフもドストエフスキーも、出てくる人間が、それがたとえ汽車のなかで隣り合わせになっただけの他人に対してでも、猛烈なエネルギーでしゃべり、心中を吐露し、ズカズカドカドカでかくて重い長靴でふみ込んでくるのに、びっくり仰天するのだった。これは小説だからなのだろうか。作り事なのだろうか。私は何も知らないままなのだ。

学生時代にリルケを読んでいた。書簡集のなかに、ルー・アンドレアス＝サロメにあてた手紙だけが、きわだってボルテージが高かった。ほとんど『マルテの手記』と同じ魂の高みにあり、手紙というより作品であった。そこで、リルケはくり返しスラブ的なものに引き寄せられ、それはロシア人のサロメが、リルケをスラブ的なものに触れさせようと必死にロシアに誘っているからだった。

リルケがロシアに行かなければ味わえない「スラブ的なもの」という言葉だけが私に残り、果たしてリルケがロシアに行きそこで体験したスラブ的なものが、彼の魂にどのように光と影を残したのか、私は知らない。ロシアについて、私は何も知らず、ましてソ連についてはさらに知らない。新聞やテレビの報道以外は。ソ連が崩壊した後、私がかつて見聞きした報道は、見聞きしたことにもならなかったのかもしれない。

それから私は熱心なミハルコフの映画のファンになった。チェーホフの原作をいくつか集めて作られた映画を見終った後、私は泣いていた。貴族であろうと、農民であろうと、人は懸命にこっけいに生きていた。何国人でも同じなのだ。人は皆同じなのだった（しかし、新劇の「かもめ」は何であんなに恥かしかったのだろう）。

何国人でもいいや、人は皆同じであり、それぞれの人間がかけがえのない自分の人生を生きているのなら、それが、私に伝わり、私が、遠い国の人たちが、懸命にこっけいに生きていることに共感できるなら、何国人でもいいやと思うようになった。何も知らなくてもいいやと思い、全てを知るのは不可能であると思い知った。知ったものだけに反応して生きてゆくのでさえ容易なことではないと思うようになった。

田中泰子さんから、マーヴリナの絵本を三冊いただいた。

文章を書いているコヴァーリは現在ロシアで最も高く評価されている児童文学者である、と泰子さんに何度も教えていただいた。

『ゆき』

なんという「ロシア」そのものの絵本だろう。私の知らない白い世界で冬を生きる生き物と人間たち。そして、そういうロシアは私からはるかに遠い。私はこの絵本を見て、私が遠い遠い雪だらけの冬のロシアを知らないことを実に幸運だったと思った。何も知らない私に、白いロシアがこんな風に差し出されたのは何と幸運だったことだろう。そして、見知らぬものへの限りない想像をはばたかせてくれる。私はいくらでも見知らぬロシアを夢みることができた。私は、そりですべって遊んでいる子どもたちの絵をいつまでも見ていた。地面は白く、家の屋根も白い。もみの木にも雪が沢山ふりつもっている。

目鼻立ちもない子どもたちの何とはつらつと元気で楽しそうなことだろう。

そして、私を圧倒したのは喜びであった。こんなにも白い世界が、私に喜びを与えてくれる。

『氷の穴』の素晴しい青。太った馬が私の方を見て駆けてくる。真白な道を、カパカパと元気な足音をたてて、黒い耳をピンと張って、きっと鼻から白い湯気のような息をはきながら、シンとした白い世界に、太った馬のひづめだけがきこえる。真白な光の発光体のような森。そしてやがて春が来て、白い世界は去って行った。しかし、私の中の大きくて深い喜びは去って行かなかった。うすらうすらと泪がにじんだ。おへその下の方から、もうずい分長い間忘れていた生きてゆく希望が光るように生まれてきた。

世界は美しい。私がどんなに心貧しくても世界は美しい。

私はもう一度生き直すことができるかもしれない。

マーヴリナがこの絵を描いたのは九十過ぎていたのだ。マーヴリナが奇跡の人であっても、私は喜びに圧倒されたのだ。

喜びに圧倒された私は、何と幸せなことだろう。

白い冬を九十回以上も生きたロシアのマーヴリナしか描けない世界であっても、ここに、この遠い日本に白い世界は贈りとどけられた。


私はゆっくりゆっくり何度もコヴァーリのことばを読む。

泰子さんとコヴァーリが真白な雪の中で並んで笑っている写真を泰子さんが送ってくれたことがある。若々しく力強い素敵な笑顔の人だった。そして突然コヴァーリが亡くなったと、無念で胸を十文字に切りさかれたような泰子さんの手紙が届いた。

買いかぶってくれたのか、泰子さんは「あなたに会わせたかった」と書いてくれた。

今、くり返しコヴァーリの言葉を読んで、私も無念で口惜しい。

とり返しのつかない事は、私がコヴァーリに会えなかったことよりも、私と同じ年齢のコヴァーリが、あまりにも早くこの地上の生き物たちと別れねばならなかったことである。

コヴァーリの見た草、さわった草、香り、ミヤマガラスに向かってモウーと鳴く牛、そして白い雪のロシア、そして輝くちょうちょ、風、空、じっと耳をかたむけた森。

そして沢山の友人たちがどんなにコヴァーリの不在を淋しく思うだろう。

そしてコヴァーリは、私のとても近くにいたのだった。泰子さんという最高の友人を間に置いて。

心ときめきたる枕草子

高校の日本史が平安時代まで進んだ時、歴史の教師が枕草子の事をめちゃくちゃにこき下した。彼は十七歳の私達と五歳もちがわない新卒の教師だった。

彼は源氏物語を大変評価していたのだと思う。千年近い昔にあのような文学を産み出した日本は私だってすごいと思うが、彼は、枕草子のは単なる作文じゃないか。どうでもいい自慢をしているだけだ。何が好きだ嫌いだなんてどうでもいい事だと、とてもひねくれたもの言いで言った。

私達は新卒の新しい教師が入って来るという噂で勝手な期待をしていたのだ。まるで王子が現れるのだと思っていたのかも知れない。現れたのは白い子豚が腰をふりふりカン高い声を出すような若い男だった。

古典の最初の授業が枕草子だった。その教師は若いきれいな三十代の女性で、教科書を開かせると何も言わずに「春はあけぼの。……紫だちたる雲のほそくたなびきたる」まで一息に読み上げた。生徒は「ハルハアケボノ」が始まったとたんに下を向いてくすくす笑い出して、笑っちゃいけないと声を押しころした妙な音が教室中に満ちた。

先生は微動だにせず、「ナツハ　ヨル……」と続けた。

私達は初めて古文の調子あるいは朗読を聞いた。

朗読は棒読みにするものだと思っていたのだ。

先生は春はあけぼのの章を最後までうたい上げた。

しばらくすると、教室中がシーンとした。

「白き灰がちになりてわろし」で先生の声が消えると皆ぼけっとうつろになってしばらく沈黙が続いた。

枕草子をどこまでやったか忘れた。「野分きだちて、にはかに肌寒き夕暮のほどに……」というのも覚えているが源氏物語もどこまでやったのかさだかではない。一応の教養を少しずつ味見をしたようなものだったのだろう。

「ゆく河の流れは絶えずして、しかももとの水にあらず」というのも忘れていないから私達も声を出して何度も合唱をくり返したのだと思う。先生と同じ調子で。

高校を卒業すると、世の中はサルトルとボーヴォワールの時代だったから、わかりもしないのに、わかりもしないという事を自覚しても私は読んだ。

わかりもしない事を告白したりは出来なかった。

私はひそかにボーヴォワールが大嫌いだった。体が丈夫すぎるのだ。自転車で長い旅行中のボーヴォワールはひっくり返って歯がほっぺたにめり込んでいるのにそのまま鉄の意志で旅行を続けるのだ。こんな頑丈な女はにくいとさえ思った。私には鉄の意志も知的向上心もなく思想などというものは持ち合わせがなかったのだろう。そして読書は全てアチラの西洋文学だけだった。だから、高校卒業以来、日本の古典などこの世にないも同然だった。

三十過ぎて、古典文学全集を買った。どの出版社も第一回配本が『源氏物語』だった。私は同時に与謝野晶子の現代語訳を買って二冊を並べて開いて目玉を左右に動かして読破した。

私は読み終って、本当の心の中はただのスケベ話じゃないか、と思ったが他言はしなかった。若い時の読書は虚栄心なのだ。

私は光源氏が男だとどうしても思えなかった。他言はしなかった。

そして末摘花の事を笑いものにするのが、とても嫌だった。

源氏はあまたの女に情をかけながら一人として幸せにしていない。若紫も嫉妬に苦しんでみじかい生涯を終えた。

そして『枕草子』を読んだ。

清少納言は並はずれたリアリストである。実に映像的である。冬の朝のもえつきた灰のあり様が、私にも見える。

そして無邪気な程正直である。

貧しいあばら屋が雪が降ると美しく見えるのは生意気であるという所は笑ってしまった。

人が右往左往する様も、そのもの音や声や落ちつかない様子が目に見え耳にきこえる。

このごろがっくり来たのは「ことに人に知られぬもの　人の女親《めおや》の老いにたる」という惨酷なフレーズだった。

でも私が一番好きなのは小さな可愛い女の子が苺を口にふくむ瞬間のかわいらしいことで、目の前に見たこともない平安時代の長いおかっぱの女の子の唇と苺がパッといつでも現れるのである。

『源氏物語』が最上の世界的文学である事に異論はない。

でも今でも目にありありと夏の夕の雨の匂いが立ちのぼる『枕草子』が好きであ

る。

そして、あの古典の教師を大好きだったと今も思う。

書物素晴し　恋せよ乙女

私は一生の大半を活字を読んで来た。仕事よりも家事よりも字をながめていた時間が圧倒的に多く、そして全て忘れた。このごろはますます忘れる。バックグラウンド・ミュージックのようであった。ジャンルなど、めちゃくちゃ。勝手に自分の中で流行《はや》りすたりがあり、手に入るかぎり一人の作家の本を読み、又どこかにさすらって行った。

今悔いている。若い時は活字の中の青春よりも生身の青春を生きるべきであった。千冊の本の中の色恋よりもただ一回であっても五体で経験する己《おのれ》の色恋の方が限りなく豊かであったはずである。そして現実に色恋に突入すると世の中の美しい恋物語などこの世から消滅した。

下らない本にぶちあたると、どこまで下らないか調べるために最後まで読んだ。読みながら毒づくのが好きだった。素晴しい本を読むと人に共感して欲しくて無理に貸した。だから素晴しかった本は私の手元になくなった。貸した人を忘れるからである。ふり返ると私は書物の夢の島に立ってる気分である。私の人生も夢の島のように見える。かつて光り輝いていた時も降りつもる時間の中にまぎれてうす昏《ぐら》い。六十七くらいになるとそう思うのじゃ。

私は正しい姿勢で本を読んだことがない。子どもの頃は背中に妹をくりつけたまま、たたみの上に腹ばいになりながら、大人になってからは電車の中で、スパゲッティをゆでながら本を読んでいた。そしてほとんどの本はふとんをかぶりながら寝床で読んだ。

今婆さんになって一日中ベッドの中で本を読み、あー何て幸せなんだろうと思う。私にとってたった一つの快楽だったのだ。だから私はずっと幸せだったはずだ。

本を読んでも利口にはならない。毛沢東は晩年歯に緑色のカビを繁殖させて大きなベッドに本を散乱させたまま寝床から出なかったそうでぞっとする。汚いじゃないか。青少年諸君よ、よく遊べ、よく遊べ。そして恋せよ乙女（死語）!!

●この一冊
『ゾマーさんのこと』（P・ジュースキント著、J＝J・サンペ絵、池内紀訳／文藝春秋）

のどかで平和な静かな村の少年の日々、幼い恋。その背景に毎日リュックサックを背負ったゾマーさんがスタスタ歩いている。毎日、スタ……スタ……。生涯ただ一冊といわれたらこれです。

●おすすめ五冊

『楢山節考』（深沢七郎／新潮文庫）

山梨県人のいやらしさと人間のすごさと美しさ。『盆栽老人とその周辺』も忘れられない。私のルーツは山梨、父の田舎は子どもでさえ深沢七郎的だった。

『平家物語』（岩波文庫ほか）

いつどこを読んでも名調子で悲しくてりりしい。華麗でファッションが皆超モダン。どんな小市民でもおごれる者である。老人ホームで死ぬのは嫌だ。

『おれは鉄兵』（ちばてつや／講談社）

ちばてつやの漫画は無鉄砲でのどかで、作者は最後は収拾がつかなくて投げ出しちゃうのがいい。『のたり松太郎』のオッパイババアに私はなりたい。

『人間臨終図巻』（山田風太郎／徳間書店）

生まれる時は人はほぼ同じだが、死ぬ時は皆違う。有名人死に方図巻。あんまり面白いのでお中元にしたことがある。

『阿房列車』（内田百閒／ちくま文庫ほか）

駅弁のフタの米粒を取るだけで始まり終る旅行記には驚いた。何でもない日常を千年も万年もだらだら生きていたくなる。

本の始末

私は趣味が何もない。

多少は運動をして身体をきたえねばと思った事もある。テニスを始めた日、顔をめがけて来たボールをラケットで受けたら、顔面にラケットのガットの格子がもち焼きあみみたいに、ベッタリと印刷された様に残り、周りの人間が大変喜んだ。私はラケットをまじまじと見つめてコートを後にした。スキーに一度だけ行ったことがある。斜面を下へすべろうとすると何故か私は後向きに斜面をずり上って行った。不思議な才能があるものである。

ビデオ屋で一度に七本のビデオ映画を借りて二日で見てしまうが、私はどうしても役者の名前を覚えられない。ハリソン・フォードとケビン・コスナーの区別がつかない。老化が進んでますます難儀であるが、数は増えても映画マニアと話が合わせられるほど頭の中が整理されていない。で、子どもの時から寝っころがって本ばかり読んでいた。

貧しい日本の戦後と共に私の人生が始まったのであるが、貧しい日本及び我が家に本は大変不足していた。私は母がかくしていた「りべらる」という名のカストリ雑誌でさえ押し入れの中で読んで、大変気味悪い思いをして、しばらく母が気持悪くて仕方なかった。その頃本は買うものでなくて借りるものだった。教室には偉人伝が二、三冊あった。野口英世を教室の隅で読み始めて気がついたら真暗になっていた。兄がどこかから『六本指の男』というマンガ本を借りて来た。生れて初めて興奮した。『六本指の男』は何冊もあった。

六本指の男は犯罪者だったが、本当は良い人なのだ。とても哀しい本だった。今私はあの本をもう一度見てみたい。私にとって、カストリ雑誌も『野口英世』も『六本指の男』も同じ地平に並んでいた。正しい読書の教育を受けなかった私は、今もあらゆる本が同じ地平に立っている。タレントの暴露本も、『朗読者』も『聖書』も『源氏物語』も区別も差別もしない、いやする能力がないのかも知れない。

本は借りて読むという時代は、私が社会人になって自分で収入を得る時まで続いた。私はどんなにか、自分の本を自分で所有したかったことだろう。しかし、本を借りて読むことは何と素敵なことだろう。本は手元に残らない。借りたものは返すからである。

本がせまい住居空間を専有することが無い。日本が少しずつ豊かになると、私も私なりに日本と共に、自分の本を所有することが出来るようになった。

初めての月給で『リルケ全集』の一冊を手に入れ、毎月、小さな銀色に光る紫色の本を一つずつ増やしていった時の嬉しさは忘れない。それでも好きな本を好きなだけ買えなかった。私は古本屋をうろついた。中野の古本屋の小父さんは高いところの本を指さすと「あんな高いところのもんはめんどくせえ」と売る気がなかった。

アレキサンドリア四部作はその店で買った。

同じ店で、日本怪談全集の第四巻も手に入れた。他の巻は無かったのだ。

『ファニー・ヒル』が発禁になった日、私はその店へ早朝にすっとんで行った。発禁になったイヤラシイ部分だけを読みたかったのだ。小父さんは「あんなものを売ったら、私の手が後に回る。あんたみたいな若い女の子が読むもんじゃない」と私の品性を見抜いた。小父さんは更に言った。「日本で出ているのは、原作の三分の一しか訳していない。あの本を最初に訳したのは鎌倉のお医者で戦前にすでに訳されている。発禁になっているものなんざあ、骨抜きになっているもんだ。アンタ、どうしても読みたかったら羽田の本屋に行きな、原書がある。黄色い表紙だ、何、たいしてむずかしい英語じゃねェーよ」と大変にくわしいのだった。そして、家の中に入って、「ホレ、うちで買ったって言うんじゃねェーよ」と、発禁本を持ち出して売ってくれた。私のせまいアパートに本棚が少しずつ増えていった。その頃まで、私は本を捨てるなどと考えもしなかった。

何しろ趣味の無い人だから、本ばかり増えていった。

家を建てる時、崖下を掘って書庫を作った。それでも本は増え続けた。その書庫に入って来た人に「下らない本ばっか並べちゃって」とせせら笑われた。当り前だ、『野口英世』と『六本指の男』とカストリ雑誌が一緒くたの人間だ、中身が上等であるはずがない。

趣味もなく酒ものまない私は本くらい好きに買えるようになった。本は増え続ける一方である。私は古本屋にダンボールにつめた本を売りに行った。

「マンガ本と文庫本だけは買うよ」と言われ、他の本は明らかに迷惑そうであり、ほとんど金を払ってくれなかった。

考えてみれば、私は研究者でも教養人でもない。本を残しても、読んだ本をもう一度読むことはほとんどないことに気がついた。

本当に必要な時は図書館に行けばいいのだ。私は読み終ると、友達に、「この本あげる、返してくれなくていい」と言うようになった。

するると友達も自分の本を「この本あげる、返してくれなくてもいい」と言う。「置くところ無いんだもん」と同じなのだ。

「この本は返してね」と言われる本は、私も返したくない本だったりする。

私は活字さえ読んでいればいいのだと気がついた。若いもんがウォークマンを聞きっ放しと同じ、バックグラウンド・ミュージックみたいなのだ。

読んでも次から次へとすぐ忘れる。それに本は読んでみないとわからない、十冊読んでも「ああ読んでよかったなあ」と思う本より、「マ、一応読んだか」か「ああ金損したなあ」と思う方が多い。

一年に一冊「ああ素晴しい、世の中はやっぱり限りなく美しい、生きていてよかった。この本は人に貸すのも惜しい」という本に行きあたれば運がいい方なのだ。このごろは三年に一冊位かも知れない。

図書館に持ち込んだこともある。児童書だけは引き取ってくれた。で私はついにひもでくくって、ゴミに出すようになった。

実に嫌な気分だった。私の本も誰かが、ゴミに出しているのは明白である。

この間は読み終った本を、古本屋の店の一冊百円の本が置いてあるワゴンの上に置いて来た。

私が本を読んでも、何の役にも立たない。人格が高級になるわけでも教養が深まるわけでもない。その時その時驚きたいだけなのだ。自分の貧しい経験よりも他人の貴重な経験や、凡人では考えられない才能で、自分の貧しい心根を忘れられるからに違いない。今日は赤い才能にどっぷりつかって、すっかり自分が赤い目をして世の中見回し、明日になったら青い才能に染められて、えー世の中こんなに青かったのかと思い、多分明後日は真黒な本を読んでいるのだ。そして本がたまってゆく。どんどんたまってゆく。邪魔である。家はせまいのだ。

先日友達が「アナタ、コーランってすごいよ、とにかく神がカーッといかるのよ、神は全て、見通しだぞョ、神のいう通りにしないと、オマエ等は地獄に落ちるぞョ、カーッ、カーッ、何をしても神は全て見通してるぞよ、カーッ、カーッ。アナタ、コーランの神は全然優しくないのヨ、カーッ、カーッ、そんで、マホメットはすごいマザコンで年上女房のヒザでメソメソ泣いたりするわけ、あれ読むと、人間永久に戦争終らないよ、人間みんな同じって嘘」と身ぶり手ぶり泣きまねまでして教えてくれた。「コーランって売っているの」「ウン、井筒俊彦著作集の中に入っている。それが落語調でわかりやすいのヨ。それがちぃと高いのヨ」。一万円くらいした。二〇センチ以上もある。しかし私には彼女のようにするすると理解出来ないのだ。本当に神はおそろしいのだけれど、一体神は何を望んでいるのかわからない。何が正義なのか悪なのかわからない。この神はキリスト様と折り合いが悪そうである。仏様など、けっとばしてふみつけてシカトしても平気そうである。しかし、とにかくびっしり字が印刷してある。一行理解するのにとても時間がかかる。しかし、私は今少し平安である。読破するのに時間がたっぷりかかりそうである。捨てる本も少なくなりそうである。でもでもキリスト教の何であるか、仏教の何であるかどうしても本当には解らない私がコーランを読んでどうするつもりなのだろう。そして多分何も理解出来ないのだ。しかし趣味が時間つぶしならそれは仕方ないではないか。

そして本を読むと、解らないことが必ず増えてゆくのだ。そして人はほとんど何もわからずに死んでゆく。

リルケびたり

いったい青春とはいつからいつまでを言うのだろう。青春というと私は貧乏という、腸《はらわた》のちぎれる様な口惜しい思いでまみれていた。貧乏そのものが嫌だったわけではない。それにまつわる口惜しさが口惜しい。

本は買ったことがなかった。人から借りるものだった。皆それぞれに貧しかった。しかし貧しさも程度があって、私は借りる一方なのだった。大学一年生の時、友達がうすい文庫本を持っていた。言っておくがそのころ文庫本は岩波文庫だけだった。リルケの『マルテの手記』だった。「あ、貸して」と私が言ったらその女はジロリと私を見て「買えば」と言ったのである。

今思えばたかが八十円位のものだった。売店でたばこのバラ売りをしていて、いこい二本が五円だった。二本のたばこを買う男の学生を見ると、気の毒な様な、さげすみの様な、連帯感の様な気持が貧乏人の私でさえ湧いて来た。金は恐ろしいものである。

私は「買えば」と言った女の意地悪さに傷ついたのではない。仕立てと生地のよいタイトスカートと、銀座を何日も気に入るブラウスをさがして回るその女の豊かさと、「佐野さんのスカート何でおしりのところにしわが寄るのアハハ！」と笑える日常の差に顔が真っ赤になったのである。ある日弁当を開いた時、その女が「ママったら、私が嫌いなの知っているのに」と鶏のローストをごみ箱になげた時、私はとんでいってそれを拾って食いたかった。

ベルトの代りに細びきで、汚いズボンをしばっている男の友達も居たし、十円のバス代のない男もいた。「武士は相身たがい」と言って、お金を貸してくれる同郷の同級生もいて、私の毎日は元気で楽しかったのである。「買えば」の一言で、ますます『マルテの手記』は私の欲望の対象になった。どこでどう手に入れたか、多分古本屋で二十円位で買ったのか、私は燃え上がるようにリルケに熱中した。詩集も手に入れた。勿論岩波文庫であった。リルケはすごい詩人らしかった。難解だとも書かれていた。しかし私は難解とも思わず、するするとリルケは私に入ってきたと思った。リルケびたりであった。

レコードジャケットをデザインする課題があった。いつも課題を一緒にする男友達は私に水彩で抽象画を描かせ、それに細いペンで細かい文字を沢山レイアウトした。「もっと、もっと」と男友達は要求した。私はアイデアにつまるとリルケの詩集の一行を読みパッパッと絵を描いた。どこの一行からもパッパッと描けるのである。私達はとても満足した。先生にとてもほめられて、私達はうれしかった。男友達は「あいつはすごい、リルケ読んで描くんだぜ」と。私は自分でも「私ってすごいのかあ」と感心した。卒業して初めての月給で、彌生書房のかわいい四角い判の『リルケ全集』を買った。

リルケの写真を見た。目ばかりぎょろついて、こんな男とつき合いたくないという顔だった。そしてリルケを育てた、ルー・アンドレアス＝サロメという年上の女を知った。彼女はワシの様な鼻をしたいかつい女だった。彼女はニーチェを育て、そのあとフロイトとつき合ったらしかった。日本には居ないとてつもない知性を持っている女らしかった。リルケの書簡集を読むとルーにあてた手紙は外の手紙よりオクターブ高く、そのまま作品であった。書簡集の中にタクシス夫人への手紙というのがあり、これも年上の貴族の女で、リルケはこの年上の女に養われている様なのだった。パトロネスというのだろうか、私は段々リルケが年上の女ににじり寄っていく発育不全で、計算高い甘ったれの様な気がして来た。バラのとげで指をさされてそれがもとで死んだというのもインチキくさかった。

学生のころ私は外国文学をよく読んでいた。私だけではない、私の周りもサルトルだのボーヴォワールだのが流行っていた。私には、ロシアだろうとフランスであろうと同じような素敵な外国であった。ロシアやフランスの貧乏話でさえ何か上等な貧乏の様な気がした。不倫など『アンナ・カレーニナ』と『ボヴァリー夫人』だけがするものだと思っていた。漱石の『それから』も『門』も不倫とそのあと始末の文学であったのに、私の頭ではそれが一緒にならなかった。

そして、私は子を産み生活の中にまみれていった。それでも趣味の無い私は子どもをおぶいながら本を読んでいた。本を読んでも私は教養高くなるわけではなかった。片っぱしから忘れ、まるで、バックグラウンド・ミュージックだった。私が漱石にがく然としたのは四十過ぎだった。漱石を中学生の時読んで、何がわかったのだろう。時間の無駄だった。

リルケ？　そんなんも居たっけね。若い時読んだ大文学など、読まなかったも同然であった。「買えば」と言った女は私にするどい赤いしみをつけたが、四畳半で汗をたらしながらリルケの一行で絵を描き課題を共に作った男友達との一生懸命な時間はやはりかけがえのない私の青春だった。しかし、

「あゝ、いつの日か、おそるべき認識の果に立つて肯ふべき使徒らに歓呼と讃頌の歌たからかに　歌はんものを」

から私は何を触発されたのだろう。今読んでも何にもわからん。

『六本指の男』はどこにいる

首相がミゾウユウと発音してからあっという間に十五万部売れた本がある。従姉が買って来てくれた。

『読めそうで読めない間違いやすい漢字』と長たらしいタイトルである。

十ページ位までは「アソウはバカだねー」と言っているうちに、ぐっとつまってしまった。

揣摩憶測――ナニコレ、シマオクソクと読み、あて推量のことだそうである。

黜陟――ちゅっちょく――功績のない者を退け、ある者を登用する。

野生と野性も違う。

私は書けない字は全部ひらがなで書く。編集者が会社の恥にならないように直してくれる。気の毒である。

ずんずん全然読めない頁をとばしたり感心したりしているうちに、外国語を漢字に書き換えた先人の苦労と知恵の結晶の様な字が現れた。

提琴はバイオリン、洋琴はピアノ、口風琴はハーモニカ、自鳴琴はオルゴール。

克利奥佩特剌――わかるか、クレオパトラである。

人肉質入裁判――ベニスの商人――よく出来ている。アソウが間違えてくれたおかげで、とても楽しかった。

私は子どもの頃からどうも字が好きだった。当時、トイレの落し紙は新聞紙を再生した四角いねずみ色のゴワゴワしたものだった。

その紙の中でとけ切れない活字がところどころとけかけて残っているのを見つけると、とても嬉しかった。

終戦後、大連にいた。

中国で、終戦と同時に配られたのが、たばこの箱よりわずかに大きい毛語録だった。真っ赤っ赤だった。私は六歳でほとんど漢字が読めなかった。私は毛語録を読破した。漢字をとばして、ひらがなだけを読んだのである。何が書いてあるか問題でもなく、理解不能であるが、それでも嬉しかった。あれは一体何だ。

終戦と同時に父の満鉄は無くなった。

父は、最後の日に、会社の図書館にあったのであろう正確には覚えていないが『アルス少年少女文学全集』とかいう本をひもでからげてかついで帰って来た。母は激怒した。何々さんはもっと役に立つナントカとかナントカとかを持って来たのに。

それから二年、母は八面六臂《はちめんろっぴ》の活躍と能力を全開した。日本人は全てドロボウ市の様なところに行き、家にある物を中国人に売るのである。帰りにコウリャンとか、粟とか、砂糖の代りのサッカリンとかを購入し、家中の飢えをしのいだのである。

私の七五三の着物も売った。私は淋しさと家の役に立つという分裂気味な気分だった。ロシア人が着る、裏に盛大に毛が生えている父の皮のジャンパーは、母がとてもうまくやったそうで一部始終を再現する程だった。

着物は人気商品だったらしい。

その間父は留守番をするだけである。

ペチカによりかかり、弟を股ぐらに入れ、子どもをはべらせ、アンデルセンやグリムを読んでくれた。そしてずっと鼻水をたらし続け、私は父の鼻がたれそうになるとはながみで水っぱなをふいてやる。

父が終生私を気が利く子どもだと思い続けたのは、あの水っぱなをふいてやったからだと思う。

そして引き揚者となって日本に住みついた。

本など日本中になかったも同然だったと思う。

帰ってすぐ、兄が友達からマンガを借りて来た。『六本指の男』という日本版ジャン・ヴァルジャンみたいだった。あとで知ったが、あの頃貸本マンガブームだったそうだ。実に俗悪な絵とザラザラした粗悪な紙で出来ていたが、私は兄に借りてむさぼり読んだ。私はどうしても死ぬまでに、あの『六本指の男』を見てみたい。あの頃、その外に本を読んだ覚えはない。

静岡に住みついた頃、母が買って来た本が『少年期』というベストセラーだった。母親と息子の往復書簡集だったと思う。私も十一歳位になっていた。何だかインテリ家族の高級そうな家庭らしかった。

父は、同じ家にいて手紙のやりとりをするなんぞけったくそ悪いと軽蔑を露《あらわ》にしたが、けったくそが悪くない私の家で、親子の真面目なコミュニケーションなどまるでないのだ。父は一方的に夕食の時訓辞をたれ、あとはかならず初めに「バカヤローー」がついた。小言である。母は突然性ヒステリーと命令だけだった。

私は図書館と友人から本を借りた。

私は異常な本好きらしかった。

そして異常ななまけ者らしかった。

私は運動が嫌いで、体育の時間が何より嫌いだった。体を動かしたくないのだ。本は寝っころがったまま事が進む。

するとと母は私が本を読むとけとばすようになった。「さっさと××をやりなさい」「××はやったの」「あんたって本当になまけ者ね」。

それでも私は読むのである。

私は子どもだったから育つ。背も高くなる。母に批判的になる。

「本なんか読むから生意気になるのよ」

今になって思う。本当ダァ、モットモダァ。

私は大学生になっても貧乏だった。

本は借りるものだった。

いつか友人がリルケの『マルテの手記』を持っていたので「読んだら、貸して」と言ったとたん「買えば」。

いやな女だ。いまでもいやな女だろう。

私がつとめ人になって初めて買った本は彌生書房の紫色で小型の四角い『リルケ全集』だった。うれしかった。毎月一冊ずつ買った。

私は電車の中で立って読み、子どもが生れると子どもをおぶったまま片手にさいばし、片手に本を持ったまま料理をした。

私の本の好みはまるで百円ショップの様である。ジャンルが無い。理数系の脳ミソが一グラムもないから、そっち方面は空白である。

マンガも読み、ベストセラーが出るとちょっと見てみるかと思うし、例えば一人の作家のものを一冊読むと全部読まねばと思い、私の中のブームになる。自分だけのブームで、終ると次のブームが出来る。

先日『死刑』という本を読んだ。実に興味深かった。作者がゆれているのでそのまま私もゆらゆらゆれて、作者がゆれることは大切なことだ。いや人間はゆれるものだ。しばらくは人に会うと「死刑あってもいいと思う?」とききまくっていた。

「人を殺したなら仕方ないと思うわ」

そーか、そーかもね。でも私はゆれゆれとゆれながらどうも反対らしいのである。

子孫にきいた。

「あんた、死刑賛成?」

「反対」

「なぜ」

「殺生はいかん」

ぎょっとする

私は非常に若い時から内田百閒を愛読していた。若い女の私が百閒を好んでいる事を誰にも言わなかった。言えなかった。生意気ではったりかましで、変な意気がりのひねくれものと人に思われたくなかったのである。じじむさく、若さに傷がつきそうであった。こういうものを好むと嫁に行けなくなるのではないかと思った。今思い返しても私がどういう具合に百閒に出くわしたか思い出せない。世間はボーヴォワールだ、サルトルだと言っていた時代であった。私はこれ見よがしに紀伊國屋書店の『娘時代』などを持ち歩いていたのである。

でも本当の事を言えば、ボーヴォワールが、私は嫌いであった。何よりも体がばかに頑丈なのが嫌であった。自転車旅行をして転んで歯が折れてそれがほっぺたに食い込んでいても平気で何週間も自転車旅行を続けるのである。私の友達の中には、ボーヴォワールとサルトルの関係を理想の男女関係と信奉実行し、一生を棒に振った女も居た位である。

あの人の命がけの哲学と行動にどこに文句がつけられよう。

しかし私は体の頑丈さが気にくわんかった。頭脳と骨に歯が食い込んでもこの女、平気なんじゃないだろうか。その事も人には言えない事だった。私はただ体がやわで、頭が悪かったのだろう。

子どもが生れると、私は平気でボーヴォワールをシカトする事が出来た。そうかいそうかいあんたは偉いよ。子どもが居ないからそう言えるのよ。あんたはそっちでやっていて、私しゃ関係ないのよ。日常の生活が何たって大変なのよ。日常が大変だと生活が哲学になっちゃうのよ。哲学を哲学する事は出来んのよ。

そういう時でも私は新しい百閒が出ると、読むのをやめられなかった。

昔どこかで誰かが書いているのを読んだ。百閒は憎たらしいくそじじいである。目玉をひんむいてふんぞり返って、左と言えばかならず右へ行きたがる。すぐ腹を立てるくせにすぐ泣く、奇人変人のきわめつきらしいのである。顔も芥川龍之介の様にアラ素敵という風貌ではない。くそじじいの顔をしている。

暗闇で菊の花がすーっと移動して行く短編、お堀にザヴォーっと巨大な鰻が出現する短い小説、いつまでも女がこんにゃくをちぎりつづける文章。背中がぞーっとするが、だから何なのだと言ってしまえばおしまいかも知れないが、私は読みあきることがなかった。

「古池や蛙とびこむ水の音」。これはただポチャンと音がするだけである。日本人なら、だから何なのだとは思わない。その静寂や深い木々の冷気と、飛びこんだ音が静寂にとけて行くまでの時をしみじみと感じる。そして、ああ、生きているのだ、生きているからこそポチャンの音に永遠を感じるのだ。

暗闇にザヴォーと鰻が起き上るこの世かあの世かわからぬ一瞬に、生きている不可解をうれしがるのである。


しかし、私は借金取りと、とんでもない金のつかい方をする百閒に、あきれ果てるが、自分はローン以外の借金をしたことがないのにドキドキハラハラし、あんた、その借りた金で人力車なんかのらないでね、今度はのらないでねと思っているうちにのってしまう。アーア。妙な人情が借金取りとの間に生れるとしみじみ笑い、ああ、こういう人もいる、こうして生きている人も居るのだ、私は何て正しい市民だろう。この世は楽しい。

しかし、百閒さん、あなた何のためにこの世に来たのですかと思う。でも私はまた何回も読んでしまう。

何の用もないのに汽車にのる。何はともあれ駅弁をかう。駅弁のふたについた米つぶをていねいにとって駅弁を食い終ると目的地についている。そしてそのまま帰って来る。それを、息もつかずに読んでしまう。こんなとるにたりぬ事をこんなに面白く書ける人は何なのだ。いや、駅弁のふたの米つぶをていねいにとる事こそが生きている実感だと、目の前に私の知っている駅弁のふたについている光る米つぶが現れて、自分もていねいにとって一粒一粒食っている気がする。

そんな時は車窓に走る景色など見たら、一粒の米の味が味わえないではないか。

私が最後まで読まなかったのが、『ノラや』だった。自分のペットの事に気を入れる人が嫌なのだ。たいてい退屈である。自分だけが喜んで悲しんでいて、悪いけど一人でおやりと思う。しかし、身も世もなく泣きノラの足音に耳をすましつづけるだけの百閒に共に気をもみ、耳をすましつづけずにはいられず、号泣する大男にあきれ果てながら涙がにじみ出て来るのである。異様である。その異様さは人が誰でも持っているのだと気が付く。

これって何なのだ。

いんごうなひねくれもののくそじじいだから面白いのか。傑作の評判をタイトルだけで敬遠していた私は浅はかだった。読む本がないと『ノラや』をひっぱり出して、私は何度も読んでしまう。

百閒という人は、目が、曲ったへそのあたりについていて、こころも脳や心臓のあたりにあるのではなく、やっぱりみぞおちのあたりに目と一緒に住んでいて、てこでも動かず、そのへそのあたりからことばが出て来るのであろう。

時々ぎょっとする。百閒は盲目の宮城道雄に「めくらでも美人はわかりますか」ときく。こころが、脳のあたりにある人は絶対きかないだろう。すると宮城検校は「わかります」と答える。美人が行き過ぎる時の空気でわかるそうである。私はショックを受けた。盲目の人にさえブスはばれるのだ。

しかし何てことをきくのだ、いやよくきいてくれた、そして盲目も美人が好きだという事をよくぞ教えてくれた。

私はギョッとしたいのだ。

私は老人になって、百閒がすきだと安心して言えるようになった。

老人になって、私はこの世に何しに来たかわかったからである。この世にはさしたる用などないのである。用はないが死ぬまで生きねばならないのである。時々、ああ、生きているのだなという事が実感出来れば上々なのである。だから何なのだをつみ重ねることなのである。

実感なぞ、気分なのである。

「私は教室へ出る時はいつでも腹を立てている／何を根に持っているわけではないが、何をこの野郎という気魄を常に……」という所なぞ、教師になった事のない私も、仕事に出かける時、やっぱりどこかに「何をこの野郎」という気分の時がある。ボーヴォワールも教師をしていたが、彼女はもっと正しい気分と使命感を持って自分の知的探求心にうたがいをもたなかったにちがいないと、知らないが思う。また「何をこの野郎」という気分があったとしても、そういう表現はしないだろう。彼女はこの世に生れた意味も責任も使命感もあったエリートだったのだ。でも私あんたと気が合わんわ。

百閒さま、あなたは何の用があってこの世に来たんですか。

生きていることをしに来たのですよね。

私は何も用もないです。でもまだ死にたくないです。光った米つぶもかんづめのかんくさい桃とかも食っていたいのです。

空と草原と風だけなのに――「天空の草原のナンサ」

私たちは全てを必要以上に手に入れ、さらに満たされない。そしてその代償として、人間の生き物としての本質を失い、孤独である。本質は何であるかもおぼろである。家族の絆を失い、子を己のエゴで愛し、この世で生きて行く力よりも学歴で高給取りになれると信じている。そして子は親を捨てる。

人間は動物である。動物としての人は、何よりも食わねばならない。そして健康でその食い物を手に入れる労働を日々くり返し、年老いて死ぬ。

私はモンゴルの事をほとんど知らない。地図の上の広大な面積を見ると、ただボウボウとした草原が思いうかぶ。遊牧する人々の白いパオを知識として知っているが、やがて近代化が、草原の人々を消滅させるだろうと思っていた。テレビで見たパオにはテレビのアンテナが立っていた。

私は、モンゴルの映画を初めて見た。今まで見てきた沢山の映画、好きな映画もいくつもある。しかしこの様に人間は美しいとゆさぶられた映画は初めてである。劇映画かドキュメンタリーかわからなかった。どっちでもいいと思った。

私が知っているモンゴル、草原とパオと遊牧、私が知らなかったのは、そこで生きている人々だった。

若い夫婦と三人の幼い子ども。私は自分の子ども以外を本当に可愛いと思ったことはない。しかし三人の幼い子どもは私の子ども以上に可愛かった。子どもの可愛さを私は充分にしっかり手にしてなかった。出来ることなら三十年戻ってもう一度あの可愛さを体に入れたかった。そして六十年戻って、あの健気で強い子どもとして生きたかった。迷子になった小さな私を若い父が馬をけって風のようにさがしあて、あの様に抱いて欲しかった。そして四十年戻って、へりくつをこねたり教育を受けた能力を行使して、男女平等だとこの世などに出て行かず、ただ母として妻として、黙々と食うためにだけ、チーズを作り、牛のふんで肉をいぶし、牛のふんで遊ぶ子どもを注意深く見守り、無口でいたかった。馬に乗って遠くまで出かける夫をただ信頼したかった。食事をしながら必要最小限のことばで、全てを通じ合いたかった。

そして私は、あの広大な空と地平の草原で家族だけで生きる彼らが、孤独の入りこむすきのない濃密な時間を生きていることに涙をこぼした。

私は日本の歴史を生き、彼らもモンゴルの文化と歴史を生きる。この地球で近代化はよくも悪くもさけられない。モンゴルのナンサも何十年かたつと、私の様なうすい情の口だけ達者ななまけものになってしまうのだろうか。

何もなくても愛はある――「ハーフェズペルシャの詩《うた》」

昔コーランを読んだが忘れた。

聖書も読んだ。大変面白い物語としてずい分覚えているが、キリスト教徒にはなら

なかった。

葬式や法事のたびにお寺に行き、坊さんのお経をこの年になるまでもしかしたら百回以上うつむいて、足をもぞもぞして早く終ればいいのにと思いながらきき、死者を死を悲しんだが、お経は何を言っているのかわかった事はない。しかし仏教徒であるかと言われれば、ちがう様なそうである様な気がするが、私達にはどこかしみついている。古いお寺に行き、仏像を見ると神妙な静かなありがたい誇りも感じる。肉親の命日に線香と花を持ってお墓に向かって真面目になりどうか成仏してくれと祈る。そしてやがて私も白い骨つぼの中に入る事をうたぐった事はない。そして八百万《やおよろず》の神もありがたいと白い小さな花も石も神がやどるという事も好きである。

いかなる宗教も民族も人間を超えた力を信じるという共通の概念を自然に持った。そういう力を何千年もあるいは何万年も前から強く感じ信じる力を人は持っていた。だからロケットを月のアバタに飛ばしたりすると、私はむかつく。宇宙の神秘を解明するなと思う。

しかし宇宙ロケットに乗った科学者が地上におり立つと神を信じる人達になったりする。

私はイランにもイラクにも行ったことはないしお友達も一人も居ない。

イスラム教というものを多分一番知らないと思う。世界中の人が一番知らない宗教だと思う。民主主義者が女のベールをはずせとか、教育をとか人権をとか言うが、あるいは戦争さえするが、それは僭越というものではないかと私はわからないが思うのである。世界中がのっぺらぼうになってしまうのではないか。

この映画はおとぎ話なのか現実なのかわからないが一篇の詩であることは確かである。

そしてコーラン一色の世界である。子どもの学校では幼い子どもたちが頭をふりふりコーランの暗誦だけをする。数学とか体育とかはやらないのだろうか。

そして聖職者が権力者になる。ハーフェズとはコーランを暗誦する人の事でそういう学校もある。この映画は一人のハーフェズの愛と戒律の苦悩の物語である。一人の若いハーフェズが一瞬美しい少女と見つめ合ってしまう。一瞬のうちに恋が成立してしまう。

一瞬見つめ合ったところを「家政婦は見た！」の市原悦子の様な小母さんが言いふらすと、若い青年はしりを五十回も太い鞭で打たれたりする。

この男は一回も笑わない。大口をあけて笑う人は一人も居ない。

画面はほとんど砂漠。灰茶色である。その灰茶色のほこりの真中を人間が左から横ぎったり右から横ぎったりばかりしている。オートバイも同じである。そして限りない静寂が支配する世界である。

砂漠以外何もない、何もない砂漠でも人は愛してしまう。

四角い小さな鏡を持って砂漠を歩いてばかりいる。

この鏡が実に美しいがその意味は見る人達によって、様々に理解されると思う。

美しい少女ももの言わない。いや長くためらったあとに「はい」と小さく答えるだけである。

せりふはコーランの言葉だけで画面はほこりだけが舞う砂漠だけである。

するとどうなるか。心だけが生れるのである。何もないシンプルな人達が心だけ持ち重りしながら生きているのを見ると、あらゆる物と色の洪水の中で、爪までピラピラゴテゴテに飾りたてる日本の少女達が異様に思えるのである。

光の中で——人形アニメーション「死者の書」

私はある時からアニメーションを見なくなった。ノルシュテインの「話の話」を見てからである。映像でこんなことが出来るのか、そしてどんな方法で水を霧を表現するのか不思議で不思議で仕方なかった。この短い作品を作るのにいったいどれ位の時間をかけているのか、まだソ連だったが、この人は生活できるのだろうか。私は言葉の詩は苦手であるが、この世に詩というものがあるなら、あのはりねずみやこうのとりに向く風や光こそ私が感じる詩だと思った。

資本主義の世の中で不可能なこともあるのだ。

名前は昔から知っていて、多分誰でも知っていて、自分の側に何度も近づいて来るのに決して読まない作家や作品がある。

折口信夫という人がそうであった。子どもの頃から私は折口信夫と釈迢空が同一人物であることだけは知っていたが、信夫をシノブと読むという事だけを知った。昨日まで釈迢空を何と発音するか知らなかった。

時々折口信夫の写真を新聞や雑誌で見たが長いむずかしそうな顔をしている。多分読者もむずかしい顔をしているのだろうと思った。

川本喜八郎さんが折口信夫の『死者の書』を人形アニメーションでやると聞いた時、初めて文庫本の『死者の書』を読んだ。何とも不思議な文体と不思議な世界だった。自分で解ったのか解らないのか解らなかった。むずかしいのだか易しいのかも解らなかった。何層も何層も重なっているこの世とあの世が地の底まであるようでもあり、天をつき抜けた明るい宇宙まであるいは昏《くら》い天空まである様であった。そして何だか自分が日本人である事がもったいなくもありがたい事に思えた。

しかし、どのようにして川本さんは又これを人形アニメーションにするのだろうか。

製作会社もお金を集めにくかろうと思った。

川本さんの「死者の書」がついに出来上がった。ついにと言うのは製作会社のプロデューサーが友人だったからで、時々彼女はよれよれになっていたし、大変な時間がかかっていた。

私は人形アニメーションには無理があるのではないかと素人だから思っていたのである。

そして観た。一度観ると又観たくなった。観終ると私の心の中にもこんな私でさえ尊い光があるのだと気づき、この世ではない高い高い所で透き通ってゆくのだった。この世に執心を残した怨霊のまがまがしさと、何かにつかれてただひたすら虚ろに、しかし確信に満ちて輝く人だか神だか仏だかわからないものを追い求めてゆくお姫さまの正常ではない思いが、人形アニメーションになった時、とてもエロくて驚いた。人間が素っ裸になってゴロゴロする事がエロい事でもなく、芸者が紅い蹴出しからチラリと肌を見せることでもない。

二上山の間に流れる一筋の水のエロさ、エロっぽい事はこんなに尊いことなのだろうか。

この世の女に執心を持ちつづける大津皇子は死体でくさっているのに、その執心が私は嬉しいのだった。

南家郎女《なんけのいらつめ》はひたすら大津皇子と仏か神かわからぬものを追い求めて正気でない事が切実でリアルであり、かつて私もそんな正気でなかった事があった様な気がするのである。

そして光の中でこの世とあの世が、聖と俗が、神だか仏だかと人間の男だか女だかが合体する時、私は成仏した様な気になるのである。川本さんよくぞ「死者の書」を作って下さった。資本主義社会でも出来るのだ。これは生身の人間が演じられる世界ではなく、川本さんの大津皇子だからこそ、南家郎女の白く光る人形の冷たい肌だからこそ到達出来た作品だと思う。

人は誰でも日常に埋れた魂の美しさを持っている。それが何かに触発されて輝くことが一生に一度あるだけでも天の恵みだとありがたかった。

大きな目、小さな目

七歳位の時のピカソの絵を見たことがある。子どもの絵ではない、天才の絵である。どこにも子どもらしさはなく、正確なデッサンと情感に舌を巻く。ピカソには子ども時代はなかったのだと思った。生れつき天才的プロフェッショナルだったのだ。子どもの絵を見てピカソみたいだと言う大人たちがいるが、私はそうかなあと思う。

染色と織り物をやっている友達がいて、どこかの雑誌で、子どもと一緒に鯉のぼりを作るという企画があった。彼女の息子二人とうちの子どもの三人で、大きな白い布に顔料で鯉のぼりを作った。三歳と五歳と七歳の男の子たちだった。大人たちは小さい魚の形から順次大きな鯉のぼりの形を切り抜いて子どもたちに渡した。「好きに、やりたいように描いて」と言うと子どもたちは興奮し、やったためたら原色を太い筆でのたくり回した。またたくまに十五匹位の見た事もないアブストラクトなのたうちまわる様なパワーの鯉のぼりが出来た。

一番大きいひごいとまごいを二人の大人が作ったが、馬鹿みたいに凡庸で、うろこなんかを律義に描いているのだった。

海岸に行って、撮影した。

広い空と青い海に二十四近い鯉が小さい順に風に吹かれている様は、感動的だった。

一番大きなまごいとひごいは死んだ様だった。二人とも美術学校出だったのだけれど。

二人で、「何だか恥かしいね」と顔が赤くなったり「うちの子ら天才だわネ」と笑ったりした。

三十三年たった。その友達が、浅間の見える高原に古民家を移築した。二百年もたった農家で、ばかでかいのだった。そしてこぶしの大木があった。ぼんやりした春の青空にこぶしの白い花が、盛大に咲いた。友達が今日いいものを持って来たから、と三十三年前の鯉のぼりをつなを張ってつるした。

「えーよく持っていたね」

色もあざやかなあの異様なパワーの鯉のぼりが、浅間をうしろに泳いだ。

ちょうど五月五日だった。

「やっぱ、うちの子たち、あの頃は天才だったねー」。三十三年たって、やっぱりエネルギーに満ちた元気な、どんな高価な鯉のぼりよりも勝る子どもたちの鯉のぼりがあった。

目など顔と思われるところにはみ出さんばかりに描いてあるかと思うと、目などない鯉もいた。あとは色の洪水だった。そして見るとなにか全体がユーモラスで、声をたてて笑えて来るのだった。

「あの子たちに見せてやりたいね」「もうはげ始めているよ」。かつての天才児たちはフツーの大人になってしまった。老いた母たちは、来年もここで、あの鯉のぼりを見ようと思っている。

そしてわかった。ピカソは成熟して生まれ、年を経て、子どもになりたかった天才だったのだ。

叫んでいない「叫び」

二十年程前、私は自律神経失調症と医者が名前をつけた症状になった。昔なら狐つきとか、気狂いといわれただろう。言葉をいくら変えても中身は同じである。近眼なのに遠くのものの輪郭がはっきり見えた。秋の山の沢山の紅葉が一枚ずつ見えると本当に疲れる。疲れるが美しいのである。薬を出す医者は見たこともないだろう。糸杉があった。その糸杉を見た時、あっ、ゴッホは糸杉のうねりを強調して描いたのではない、ゴッホには糸杉があの様に見えたのだ。私には糸杉がゴッホの糸杉と同じに見えた。

ゴッホは何と苦しく痛く感情をコントロール出来ない異常を、日常として生きたことだろう。短命だった事は救いだった。脳の病にも天才とバカが居ることがわかった。私は一枚の絵もかけず、異常な感覚を受け入れる事が出来なかった。脳は開発されていない宇宙と同じだから、ゴッホと私がどの様に多様なちがいがあったか、誰もわからないだろう。

果しない普通ではない沃野でゴッホはひまわりを黄色い椅子を人物をわしづかみにし、私は石ころ一つ拾うことが出来なかった。


私がムンクの「叫び」を知ったのはまだ大人になっていない時だったと思う。美術の教師が見せてくれたのか、教科書に小さく印刷されていたのか覚えていない。あれほどぎょっとした事はない。私の中に自覚されていない恐怖や不安や絶望やあるかもしれない狂気が鏡にうつって見えた様な気がした。

まだ幼かった大人になっていない私の体験したことのない、しかしいつかその様な恐怖に遭遇するかも知れないという恐怖が、そっくり私から抜け出して目の前に形になったと思えた。

あの絵を見て、記憶からきれいに消し去れる人は居ないと思う。

正視出来ない人を沢山見た。「ヤダ」「コワイ」「キライ」と本を押しのけたり、バタンと本を閉じたりする。

それから少しずつムンクの絵を見る機会は多くなった。「思春期」の少女も一度見たら忘れられない。ムンクの少女は一人しか居ない。ルノワールの少女は沢山沢山この世を楽しんで、私たちに明るいやさしい世界を教えてくれる。

母に「デブ」と言ったら「ルノワールを見なさい」と逆襲された。まいったね。

オスロに行った時、沢山のムンクを見た。「叫び」は私の知らない版画やスケッチが沢山あった。

「叫び」というタイトルなのに、叫んでいない。むしろ声を外界から吸い込んで、声にもならない恐怖を体中にため込んでいる様に見える。

思ったより小さかった。思ったより小さかった事にびっくりした記憶がある。

世の中に沢山ある裸婦像の中で、私はムンクの少女がとてもとても美しいと思っている。なのに右側の黒い影が不気味で、いつか黒いところを手でかくして見た。少女は唯の女の子に見えて、黒い影が少女の目をより哀しげに見せている事に気づいて、感心した。何故ムンクは悲しい淋しい絵ばかり描いたのだろう。ムンクの写真を見て了解した。大変な美男なのである。美男でない男は世の中とたたかうために沢山の希望と力をたくわえねばならぬ、自分をはげまさねばならぬ。だから忙しい。大変な美男はその様な事に無頓着になれる。自分の内面とじっくり向き合えるのである。内面とじっくり向き合いすぎると、自分の狂気をほりおこしてしまうだろう。

III

北軽井沢、驚き喜びそしてタダ

軽井沢は由緒ある古い金持だけの別荘地で今は田舎者の若者であふれ返っていて、本当の金持は苦々しい思いでいるそうだが、北軽井沢は開拓農村で誰も苦々しい思いをしなくてもよい。牛がモウモウ鳴いているし、時期になると肥料の匂いが広々と匂って来る。軽井沢から車で四〇分位山を登る不便なところであるが、夏は登った分だけ涼しい。冬も登った分だけ寒い。

私はどうしてここに家を建ててしまったのか理解に苦しむ。私は脳の病気で、その病気は大きな決断を決してしてはいけない（例・結婚、あるいは家を建てることなど）とどの本にも書いてあった。友人の娘の要子ちゃんが設計してくれた。

気がついたら建っていた。何だかストーブだけにやたら熱心になった。本当はストーブなんか必要なかったのかも知れない。床暖房を要子ちゃんがすすめてくれたからだ。でも私は子どもの頃から炎を見るのが何より好きで、人の家の風呂までたきに行っていた（昔はみんな風呂は薪でたいていたのだよ）。放火魔になる可能性は充分にある。

要子ちゃんと私は趣味が合っていて、その趣味はフツウに尽きている。オシャレに見えることが大嫌いなのだ。ストーブのパンフレットを見て二人で「これ」と同じものを指さし「男もこれ位シンプルで丈夫そうなの居ないかね」と笑えて来た。出来上ったら、私はいたく北軽井沢が気に入った。そして一年中住むようになった。一年中住むと冬が一番好きになった。

そして毎日そこに居ることが、何よりも大事なことがわかった。遅い春山がグレーがかったピンク色にふくらんで来る。山が笑いをこらえている様に見える。そして若芽は一晩で一センチ位も伸びることを知った時驚いた。不思議なことに毎年驚くのだ。驚きは喜びである。その喜びはタダなのだ。庭のフキノトウもタラの芽もタダなのだ。音もなく降りつもる雪をボケッと見ている陶酔も、一面の銀世界もタダなのだ。私がストーブをたかないのは七月と八月だけだった。私は毎日薪を放り込み踊る炎を見つづけて、炎が大きくなるのを楽しみに、ストーブにへばりついて汗をふいていた。そして残念なことに薪はタダではなかった。

そして、ストーブは実に有能だった。よく燃え、厚いぼってりしたイモノは健気に熱をたくわえ、どんな小さな火種からも、再び立ち上がり、雄々しいのだ。

最初の冬は家の中はほとんどサウナだった。そして風邪ばかりひいていた。

ドレッシングをかけて食べたい程の若菜の季節が移り木々が深い緑色になると下界は猛暑である。猛暑になると沢山友達が来てくれた。ベランダで朝食など食べると「ヤダ避暑地客みたいに気取って見える、恥かしい」と私は思う。しかし本当に涼しい。テレビを見て、東京から遊びに来てくれた人に「ホラごらん、東京三九度だってさぁ」。私の夏の楽しみは下界が暑いということである。

私の村も、古い別荘地で、七月と八月は、閉じていた家もあけて人が沢山来る。そして八月の末は誰も居なくなる。一年に一度、会う人達も居る。岸田今日子さんとか長嶋有君とか古道具屋のニコニコ堂とか。いかにも避暑に来たという友達と行ったり来たりすると私も避暑地にいるんだと上ずった気分になる。

又シーンとした生活が始まる。

そして紅葉の季節になる。私は紅葉がこんな金らんどんすだと知らなかった。金らんどんすは少しずつどんどん派手になる。空はますます深く青くなる。こみ上げて来る幸せな思い。この幸せタダである。最後にから松の金の針がサァーッと降ると秋も終る。

そして私は又ストーブにへばりつく。

雪の中車をころがして農家のアライさんちに行く。冬になると友達はアライさんだけになる。又風邪ひいたと言うとアライさんが「思うに佐野さんちはちぃと家の中が暑すぎるで。それで風邪ひくだよ」。

幸せまみれ

私は韓流ドラマに身を持ちくずした女である。ほぼ一年間ベッドに横になったまま毎日十八時間溺惑《できわく》された。十八時間を保守するため寝室用に新しくテレビとＤＶＤ用のデッキを購入した。ＤＶＤなど借りるものだと思っていたが、韓流ドラマをボックスごと買うのに迷いはなかった。「冬のソナタ」を観たのが癌手術直後で、抗ガン剤の不快さにごろごろしていたが、あの一年間程幸せだったことはない。幸せの代償は金で買えるのだ。

そして今思い出すとへどが出る。

一年たったら、私は馬鹿になっていた。ドラマから放出される深情けに私はじゃあじゃあ涙を流した。「口からよだれ出すんじゃない」とどなられて見たら本当にクッションに大きなしみが出ていた。

私は気持だけを使い頭は全然使っていなかったのだ。

頭では幸せになれない事がわかった。

気がついたら、私は一年間気絶していたのと同じだった。一年間麻酔をかけられ、ずっと幸せな幻覚を切れ目なく見ていたのと同じかも知れない。しかし一生の間気絶した一年がなかった方がよかったとは思わない。いかなる経験もしないよりした方がよい。ゲロッぽくなる程のめり込んだ私を偉いとほめてやりたい。抗ガン剤の不快さをはるかに越えた快楽だった。

何故日本の小母さん達が、韓流ドラマに溺れたか、私は分析出来ない。何が私を幸せにしたか。まず美形の若い男をじっくり見る快楽が、私に残っていた事に自分で驚いた。なぜじっくり見られるか、それはテンポがのろのろしいので、サッカーで一瞬のベッカムを見るのとは違う、ヒヒジジイが若い女を見るのと同じヒヒババアになれた。美形の男は畑で玉ねぎをスッポンスッポン抜くようにいくらでも出て来るのである。自在に私は浮気をした。「冬のソナタ」のヨン様から始まって、イ・ビョンホン、ウォン・ビン、チャン・ドンゴン……。

イ・ビョンホンは多作で役者として立派だったが、金がかかった。

そして一巡位して、私はやはり、韓流ドラマの原点は冬ソナに尽きると、多大な投資の果て決着をつける事にした。

ヨン様は特殊なキャラクターである。女でも男でもなく広隆寺の仏像に似ていて歯をむき出して笑うか、「脱ぐとすごいんです」。そして、次から次へと苦難がふりかかる。記憶喪失になったり脳腫瘍《のうしゆよう》になったり失明したりする。かの国は国中マゾヒズムかと思った。始めから終りまで三角関係である。見込みのない男のストーカーぶりがすごい。かの国の愛の基本は、俺が好きだからいいだろ、俺の気持は俺のものだ、体は気持の入れ物であるから気持に従う。そして決してあきらめない。見込みがないと三十回位わかるが、深酒をして泣いて、あきらめるという事がない。韓国のサッカーチームの男たちと同じである。あきらめない。忘れない。日本の植民地支配を忘れてくれるなんて夢にも思ってはならない。忘れない事が美学なのである。

そうして男が平気で涙を大量に流す。かの国には男は泣いてはいけないという原則はないらしい。男は女の涙に弱いというが、私はヨン様の涙にやられた。

そして、公私混同なんて平ちゃらである。

恋のために男も女も同僚も仕事などほっぽらかし、私はハラハラかの国の生産率など心配になった。

だから大統領も公私混同するのだろう。

脱ぐとすごくてもヨン様は常に孤独感をただよわす。困るでしょうが。守ってあげたいのか守られたいのか。そして、そのシンボル的映像はスクリーンの真中に後姿で立つのである。ヨン様の向うは夕焼けだったり海だったりしてすごーく恥かしい場面である。よくやるよと思っても私はよだれをたらすのである。臆面もない、恥かしいという事（例えば紅いバラ五百本位をハート形に床に置き、男が真中に坐っているドラマもあった）、日本人の男が決してしない事をヨン様はあのヌルリとした肌と白い歯をむき出して笑ってやる。私は目の玉の色がガラス玉みたいな白人種の目が読めない。目の色だけで遠い国の人と思うし、それが素敵と思う事は、又別の事である。しかし韓国人は外見は日本人とほとんど同じで、それに近親感と、安心感をもち、でも同じ国ではないから、恥かしい事やっても自分の息子が恥かしい事をするのではないから平気である。もっとやってと思えるのである。しかし結婚すると、男はとんでもなく横暴になるらしく、チェ・ジウも大阪の小母さんの様にどなりまくる中年女になりそうである。だから、あれは韓国女の願望なのかも知れず、日本人のオバさんであるわたしは深情けを望んでいたと気がつき、絵そらごとである故にこそどっぷりとはまれるのである。

役に立ちたい

世の中には、常に立ち働いていないと落ちつかない人がいる。世の賞讃をあびる。「本当によくおやりになる」。体を動かすのが好きなだけだと思う。そういう人に一日中ゴロゴロ寝てなと言ったら悶絶するだろう。

知人に中年になってから結婚した人がいた。何が気持いいって、好きな人と目ざめて、ふとんの中で、ぼんやりぐちゃぐちゃゆっくり話をするのが何よりも楽しいと彼は言った。よーくわかる。しかし彼女は目ざめると瞬間パッとベッドをとび出してコーヒーを入れ、カーテンをパーッと開けるので、「まだいいじゃないか、ふとんの中で話をしようよ」と言うと彼女は「いいよ」とふとんに戻った。彼が昔がたりなど三分位したら彼女は、「ね、もういい？」ときくそうだ。「まだ、だめ」と答えて一分位すると彼女は腰と足を細かく、まるでおしっこを我慢する様に動かすので「どうしたの」ときくと「起きたい、ね、起きたい」と目に涙をためていたそうである。

そういう人の人生というか、人の中身というか、そういうものが、私には多分全然わからない。

私は大学まで、小学校から十何年もよく毎朝起きて行ったと今考えると呆然とする。私はぐずでも遅刻魔でもなかった。

四十過ぎまで一応事務所というところに行って仕事をしていた。

それから自宅で仕事をするようになったが、子どもがいたので、ちゃんと六時半ごろ起きて弁当なども作っていた。しかし子どもが出て行った瞬間私は二階にかけ上がりもう一度生あたたかいふとんの中にもぐり込むようになった。

あの時の幸せを何に例えよう。あー生きてる、死んでもいいと思う程だった。

私は今一人者である。そして老人である。私は五時半ごろ目覚め、テレビをつけて、そのままうとうと九時頃まで眠ってしまう。目がさめると金正日の顔などがテレビに映っている。おしっこに行く、昔よりおしっこが長くなった。普通の人はここで着がえる。しかし私は又私の形にふくらんだふとんの中にもぐり込み、北朝鮮の兵隊の行進を見ながら、ぼんやりあらゆる事を考える。食糧不足なのに足を九〇度にそろえて上げて歩くのは、エネルギーが余計にかかるのではないか。北朝鮮の飢えってどの位なのだろう。私が大連で飢えた時なんてもんじゃないなあ、でも私の兄弟は栄養失調だから風邪ひいてすぐ死んだ。それにしてもこのごろの日本の子どもは肥満が問題なのだ、どーしてくれる。戦争が好きな人はいないのに人類はどうして戦争をやめないのか。何千年も戦争をやめないのは好きだからなんじゃないだろうか。

毎日どんなテレビを見ていても、たとえ芸能人のくっついた離れたを見ていても、あれこれ勝手に思い続けて最後にどうして戦争は終らないのか、というところまで行きつき、そこまで行くともう考える事がなくなる。

私には手におえん、そして、のそのそ着がえる。

そして寝巻きの首のあたりの裏をなめる。しょっぱいと洗う。しかし毎日しょっぱい。

ついでに夕べのおふろのあと着がえた下着もなめる、しょっぱい。下着から着がえて洗濯ものをかかえて洗濯機を回すと十一時半だったりする。

野菜ジュースとパンなど食べながら、老人って閑だなあと又テーブルの前の大きいテレビをつける。

ああ仕事をしなくちゃ仕事をしなくちゃと思いながらしないからやっぱり閑である。

ずっと前、まだふとんの中にいた時ピンポンと鳴ったから宅配便かと思って出て行ったら人が三人立っていた。打ち合わせを忘れていた。それから考えた。寝巻きに見えない寝巻きにしよう。さがしたらいくらでもあった。長ーいワンピースにスパッツがついているのが。私はしこたま色々の色や模様のを買い込んで、鏡にうつしたら、黒いのやグレーのやこまかい水玉なんぞは、全然寝巻きに見えなかった。病院に行く日寝巻きの上にベルトをしめたら、いいじゃん、いいじゃん、コートを着てブーツをはいて、私は病院に行った。ついに私は寝巻きにコートをひっかけて外出する位めんどくさがりやになっていた。生れつきに老化が拍車をかけているのだ。

だから、直ベッドに横になっている時間が長くなった。

私の人生は無駄だろうかと考える事もある。私は人の役に何も立っていない。友人の妻の様にパッと起きやるべき事をさっさとやって、キリッと仕事を次々にして、有意義に生きた方がいいにきまっているが、ある日ふとふとんの中で思いついた。人生に目的を持ったら、一生は短く時間は足りないだろう。

目的を持たなかったら、一生は実に時間があまって長い。

目的を持った人は死ぬ時やりのこした事を無念に思うだろう。短い一生にちがいない。でもだらだら生きていたら、死ぬ時、あーやれやれたっぷり生きたなあと思える。

時々友人が「さっさと仕事しちゃいなよ、さっさと」と言うが、さっさと仕事したら私金持になっちゃうよ。死ぬ時金があまったらどーするの、もったいない。
しかし私は、人の役に立ちたい。でも必要とされていないのが老人なのですよ。

わけがわからん

特別の文化圏以外の人類は、大多数の男女は結婚という制度に守られたりしばられたりして生活している。

その制度の中で生きていると男女のつがいは次第に夫婦というものになっていく。これは驚くべきことである。

電車の中のオッサンはたまにはお姉ちゃんの腰に手を回したり、口をあけて足も開いてガーガーといびきをかいて寝ていたりするが、彼等にもたいがいは家があり妻が居ると思うと世の中夫婦だらけである。

そして夫婦というのは、社会の公の場に現れないので非常に見えにくい。冠婚葬祭に夫婦が現れてくるが、これは外出用の演出がなされている。

非常に親しくつき合っている友人夫婦にしても、互いに知り合えても上べの社交上の礼儀にある程度武装されている。

私達は夫婦の中身を吟味する機会というものにはなはだ接しにくい。世の中夫婦だらけであるのに。

私達は風景の様にしか見ることが出来ない。

木の葉や石ころが一つとして同じものがない様に、一組として同じ夫婦はいない。

自分の夫婦の関係を他者に理解させようとするとこれも実に困難である。

私は二十年夫婦をしていたが、十年目にはガタガタゆるみ出して来ていた。

夫婦を解消するために十年の歳月を費やしたがその十年間、私は世間をあざむき続けることが出来た。

どうにも修復が不可能である関係であったが、若い友人が、「僕の結婚の理想は洋子さんの夫婦です」と言ったりした。私は呆然としたが、私はことさら良い夫婦を装っていたわけではなく、長年の習慣に従っていただけであった。

又、友人の夫婦関係に首をつっこむのも実に馬鹿げている。

亭主の悪口をきりなく披露する友人に同調して、一緒にその亭主の悪口を言ったりすると、きまって、相手は怒る。うらまれたりもする。そのうらみを接着剤にして、以前よりも円満な夫婦になる事など常識である。

夫婦は中からは容易に破れるが、外からつっついて壊そうとしても決して壊れないものである。

妻子持ちの男と不倫をするお姉ちゃん、やめときなさい。骨折り損です。多分それは、愛ではなく情だからである。愛は年月と共に消えるが、情は年月と共にしぶとくなるのである。

夫婦とは多分愛が情に変質した時から始まるのである。情とは多分習慣から生れるもので、生活は習慣である。

離婚した友人夫婦が、何年かして、ある結婚式で、顔を合わせた。式が終った時、もと亭主が、もと女房に「おい、帰るぞ」とつい言ってしまい、もと女房も「はいはい」とあとをついて行ってしまったそうである。

私は二度目の亭主に、前の亭主の名前で呼びかけてしまうことがあった。ぎょっとするが、習慣はおそろしい。

それぞれの夫婦がどの様な習慣を持って生活しているか、他人にはわからない。

多分本人もわからない。

他とくらべようがないからである。

夫婦はとにかく持続である。私が四十代の初め頃、私のまわりの妻は、おしなべて夫に愛想をつかしていた。寄るとさわると夫をののしっていた。

夫は妻に愛想をつかされているのを知っているのだろうか。私は、その夫をつかまえて「あなた女房がある日蒸発してたらどうする」ときくと、彼は、じっと空を見つめ、「僕、泣く」と悲しそうな顔をした。

ある夫は、「そんな事あるはずがない。だって俺熱愛しているもん」と答えた。

男とは何とめでたいものであろうか。

私はさっさと見切りをつけたが、持続した夫婦は十年を経ると夫婦生活三十年の実力を発揮しだした。

五十過ぎて仲良くなった夫婦は、けろうがたたこうが、びくともしなくなる。

愛という日本語にしてなじみにくいことばを超えるのである。

幾分かの憎しみを含んでも、その憎しみこそが、情を強くする。そして情こそが実に言葉にすることが不可能である。

夜離婚話をし次の日の朝、定期預金の相談をするのも夫婦である。

実にわけがわからん。

夫婦はわけがわからんのがいいのである。

夫婦に科学は不必要である。世の中に科学が入り込む隙のないものがまだある事は実に頼もしい。

私はテレビの呆け番組を見るのが好きである。もう自分も間近という切迫感もあるが、何十年も経たじいさんばあさんが、過去いかなることがあったか知ることも出来ないが使いすぎた雑巾の様になりながら、よれよれと支え合っているのを見るといかなることばもはさめない。

呆けたじいさんが、じれて、ばあさんをなぐる。「どうしてなぐるの」と呆けたじいさんにたずねても仕方なかろうと思うが、一瞬じいさん正気の目になり「愛情のあらわれです」ともぐもぐ言い、つーっと涙をながした。

あの涙の中身や脳のメカニズムは理解不能であるが、私は見ながら泣いている。

縄文人

私は本当は縄文時代の人間なのではないかと思う。年経るごとに自分の縄文度が進んでいく様な気がする。

子ども時代は誰でも縄文人であったと思う。

中に文化度が少し高い弥生人がいたりする事もあったが、そういう子どもは頭を坊ちゃん刈りにしたり、のりのついたパリッとしたピンピンのシャツを着たりして、うぜえと思うと同時に少なからずの羨望も確かにあった。

そして学校に入り縄文人も人類の歴史を歩む事になる。一人で歩むのではない、選びもしない時代と共に全地球人と共に歩むのである。私は昭和をほぼまるごと生きた。戦争を知っている子どもであった。内乱ではない。見た事もない目の青い桃色の肌のとんでもない金持と戦争し、原子バクダンを落とされて目が覚めて、呆然とし、日本中は焼け野原で、別に私が戦争を始めたわけではないが、屈辱だけは降りそそいで来た。

元から金持でなかったので、日本人は終戦になると国中が、縄文人になって、無からの生産を始め、芋を作り、汚い着物を着ても平気だった。

せっかく学校へ行って弥生時代位になったのに、圧倒的な力で、お口に合わぬ民主主義というものが何十年もとびこえて降りやまぬ雨の様に降って来た。

そして同じ肌の色をした外の国々に侵略をしたと反省し頭をたれて謝罪するのである。決して許されることはない事を日本はしたのである。イギリスはかつての植民地に謝罪をしたのであるか、アメリカは他人の国を略奪した事で追放にならなくてもいいのか。

負けたら勝った国に文句など言えないらしく、それでも日本国民は稀有な善良さと勤勉さと寡黙さで何をめざしてか、どこの国を真似するつもりだったのか今日まで平和を保って、個人の権利も立派に持っている。

しかし日本人は何様なのか。権利は主張するが、どうも権利にセット物の義務は嫌いなのである。安全で責任のない立場で反対反対と叫ぶのが正義の様なのである。

人間は平等であるそうである。——んなわけがないだろ、頭のいい奴もキリョウのいい奴も生れつきでその時から不平等である。

人間には宿命とか運命というものがあるが、どこかであきらめるのが人の道であり、それなりに一生懸命に生きるものである。民主主義の先進国はおしなべてキリスト教であり、生れた時から神と私という個としての独立が前提になっているが、日本には八百万《やおよろず》の神がおわしまし、みんなで「ネーェネェー」と顔を見合わせ、安心納得という生き方をして来たのとは違うのである。

あいまいが身にしみ込みあいまいを生きて来た。何が悪い。

答はいつも白と黒の間のグレーゾーンを自在に行ったり来たりする。

平等はとてもお口に合わない。

親が死ぬと財産はその子等に平等だそうで、長男の嫁が呆けた姑の世話を十年やっても権利はなくて、どっと兄弟が湧き出して来て、裁判やったりしているが、恥かしいと思わないのか、少しは後ろめたいから法律を持ちだすのだろうか。私は財産など残す親を持たなかったから、そう思うのか。私だって、ジュラルミンの箱にびっしり札束がつまっていたら、そうおおようには出来ないかも知れない。その様な市民の哀感のかたわらを、科学技術は光より早く進歩して来て、もうゆく末の進歩など私には見当もつかない。

そして多分、昭和が終った頃に私はついてゆく事が出来なくなった。昔なら昭和の終りで私は隠居の身分だったと思うが、科学の進歩は長命をもたらしたので、生きていかねばならぬ。

私はスーパーのレジでチンチンシャーンハイ二千六百五十円ですとロボットの様なネエちゃんからものを買いたくない。

八百屋のオジサンと「ちょっと色が悪いから、負けてよ」「かんべんしてよ」などと口をきいたりしたくて、なんかしゃれのめして八百屋の前を通ると八百屋の小父さんが、「今日はめかしてどこへ行くんだい」「へへへ」と笑ったりした方が生きている様な気がする。コンピューターが内蔵されたものにボタンが二つ以上あると逆上する前に、ああ長生きしすぎたと死にたくなる。私のファックスは四角い窓があってそれが少なくとも五色に光る。光れとはたのんでいないのに「インクリボンノコリワズカデス」ブルーとか「ファックスジュシンデキマセン」オレンジとかピカピカ光り続ける。有るボタンをやたらに押したら今度はグリーンになってパカパカしている。ドアをしめて寝ようと思って夜中にトイレに行くとドアに付いた窓が、人工的に緑の光でパカパカ光り続けている。もう三日も光り続けている。嫌な光である。そしてかならず思う。子どもの縄文時代、私が何よりも好きな家事手伝いは薪で風呂をたくことだった。そして炎をあくことなく見続けた。紫色から緑に身をよじりそして盛大なオレンジの炎がくねくねと舞うのをこれ以上美しいものがないと見ることをやめる事が出来なかった。

そして寒がりの私は何よりあたたかく下手すりゃ火花がパチッととんで来てやけどする程危険だった事も含めて、炎に照らされて身体の半分が赤く染まるのが好きだった。

私はそこで古代よりずっと変らぬ炎を見ている事に何か心のよりどころを体の中に入れていた様な気がする。

私の戦争ものろしをあげていた時代で止まりたい。

おひなさま

私は子どもの頃、自分のおひなさまを持っていなかった。六十過ぎて「何で?」と思う。

私がおひなさまの前で、きれいなふりそでを着てそれによだれかけをかけ、まだ若い母親に抱かれ、私だけぼけて写っている写真があってもよいのではないか。そんなものは無い。

その頃、我が家の歴史の中で女中さんが居たほんの短い時期と重なるはずなのだ。兄は火花を散らして走る電気機関車のレールを板の間いっぱいに敷きつめていたし、父は家の中にすべり台も持ち込んでいた。兄は庭の中を走る自動車さえ持っていた。兄はハンドルを握ってすっぽり自動車におさまって、その横に足をX脚に開いてずんぐりたって金太郎の様に髪を刈り込んでいる小さな私がいる写真がある。

多分父は初めての子どもである兄に夢中だったのだろう。

そのあとの敗戦後の混乱期、食う事もままならぬのに両親はボコボコ子どもを生産し続けた。信じられない事である。

小さな妹や弟がゴチャゴチャ家中をうごめいたり飛びはねたりしている時、ある日母は折り紙でおひなさまを制作した。

どこで習いおぼえたのか、内裏《だいり》びなと三人官女をたんすの上に並べた。

家の中に優しいはなやかさが生れた。

母は優しい人ではなかった。

多分その頃私は十二、三歳になっていたと思うが、折り紙でおひなさまを制作している母を見た時、初めて、母から優しいオーラを感じて、ひどくうれしかった。おひなさまが妹のために作られている事は明らかだったが、私はただただ浮き立つような気持になった。

しかしそれっきりだった。次の年母はケロリとおひなさまなど作りはしなかった。

次の年おひなさまを折ったのは私だった。

私は前の年のはなやかな優しさを再現したかった。私はもうその頃は妹の保護者気分になっていた。そのおひなさまが母が作ったのより無様《ぶざま》だったのではない、私は器用な子どもだったが、並べてみると、去年の浮き立つようなうれしさがわいて来なかった。

私は妹のために母にもう一度作ってもらいたかったのだと思う。折り紙の安っぽい赤やピンクを折る母からその瞬間立ちのぼっていたやわらかな優しさを求めていたのだろう。

妹が折り紙のおひなさまを覚えているかどうか知らない。

私は二十歳を過ぎてから、自分のおひなさまが欲しくなった。その頃から桃の花をかびんに差すと、桃の花の横の空間がおひなさまの不在を教えた。おひなさまを欲しがる気持はあわあわとしたものだった。

二十三歳で結婚した時、お祝いに白いふっくらした茶のみ茶わんをもらった。高い糸じりが黒く、そのまま黒い色が丸みをおびた茶わんの下二分位続いていた。

茶わんをひっくり返して、糸じりに玉子を入れるとぴったりとおさまった。二つ並べて、下に赤い布を敷くとてもシンプルなアブストラクトなおひなさまに見えた。

桃の花を花びんに差すと、その小さな空間はひなまつりになった。

私は自分の子どもが生れるまで七年間毎年ラフカディオ・ハーンの「むじな」の様

なつるりとした目鼻の無いおひなさまを並べて自分だけで満足していた。七年後生れた子どもは男の子だった。私はコロリとおひなさまを忘れた。子どもが三歳の時、私は鯉のぼりを自分で作った。七匹もゾロゾロと団地のベランダから斜めに降ろしたが、実に珍妙で派手な鯉のぼりで、人目についたが、見た人はみんな笑った。

子どもが大きくなって、私は又、自分のおひなさまが欲しくなった。欲しくて買えるようになると欲が出た。人形屋やデパートで買えるおひなさまの顔が気に入らなかった。

永年おひなさまを持たなかった年月が理想のおひなさまを作り上げていた。大ぶりな丸顔のふっくらした木目込み一対の内裏びなが私の頭の中に出来上っていた。

京都までさがしに行ったが、そんなおひなさまはなかった。おひなさまの顔に時代の流行があった。私が思いえがくおひなさまはどこへ行けばあるのかわからなかった。きっとどこにもなかったのだろう。

三年前、木で彫刻を作る友達が内裏びなを作ってくれた。まんまるな顔をして木目が走っている静かで飾り気がないおひなさまで、おひなさまが坐っている台は、何種類もの木の色をそのまま縞にはり合わせてあってびっくりした。私が欲しかったのは、このおひなさまだったのだと思うようになった。

桃の花を差し木の箱から私のおひなさまをとり出す時、私はもうババアなのに気分は女の子になれる。

そして母の折った紙のおひなさまを思い出し、うすいうらみもふわふわと立ちのぼる。

どけどけペンペン草

春が終って、庭を眺めると、緑色の草がぼうぼうと生えて来る。そして初めて、あー夏は草が生えるんだとびっくりする。毎年びっくりする。そして草取りをする。

春の初め、やわらかい小さな草の芽を見るとあー春が来たんだと嬉しい。毎年嬉しい。

木を見上げて、木も木の芽をつけて、力強い生命を生きていると嬉しいが、人間である私は、植物はいいなあ、毎年生き直す、私は春が来たからって、顔のしわが伸びて新しくなるわけではないと理不尽な思いがする。毎年する。新しい若芽を見るたびに、私は一つ又ババアになったんだとしみじみする。

そして、しゃがんで草をむしる。

むしりながら、何で私はむしる草と残す草を区別するのだろうと思いながら、ヒメジオンなんかバシバシ抜く。よもぎも抜く、すぎなも抜く、どくだみも抜く、どくだみを抜いたあとかならず指の匂いをかいでみる。よもぎの匂いはひなまつりのよもぎもちがバッと目の前に現れる仕組みになっている。よもぎが松茸位稀少のものであったら、私はほくほくするだろう。するてえと、抜く草は、多すぎるだけなんだ、何にとって、人間にとって。人間って勝手だよなあと思いながら、私の肩まである憎々しいよもぎをひっこ抜く。

でかくなると、何でも憎々しいよなあと、子どもが赤ん坊だった頃を思い出し、毛ずねも猛々しい息子は、このよもぎ位憎々しくなってしまったのだろうか、力いっぱい引き抜く。かたばみをほじくる。黄色い可憐な花をつけて、かたばみは、繊細な根と葉を伸ばして、しかも仲々しぶとくこの地球にしがみついている。指で糸ほどの茎を切らないように用心深く地面からはがすと、べりべりとはがれる時の快感に胸のあたりがすーっとする。

何だか、こんな女居るよなあ。可憐げに見えて、弱ぶって、しかもしぶとい奴が、目立たないくせにべったりした奴が。あの女なんかかたばみかしら、私は草にしたら絶対にかたばみなんかじゃないなあ、とペンペン草を抜く。私もしかしたら、ペンペン草位かなあ、ペンペン草って貧乏草って言ったよなあ。何か、ばかに育ちが悪そうで、雨にも風にも負けないみたいで、よくよく見れば白いちいさな花がかわいいじゃん。でもちょっと見には、ペンペン草の花って、ほこりみたいにしか見えないんだよなあ。

そう言えば、子どもの頃、ペンペン草の三角のかたい小さい葉っぱをすっーすっーっと下へひっぱってプラプラにして、一本のペンペン草の葉っぱ全部プラプラにして、耳のあたりで振ったっけ、シャラシャラ小さな音がして小さな音をどこまでも聞こうとしたっけ。あーいう時って、子どもってかならずしゃがみ込んでいるもんだなあ、友達もしゃがみ込んで黙々と同じことをして「ねえねえ聞いて」って自分のペンペン草を私の耳のそばで振るんだ。シャラシャラ同じ音がするだけなのに。あの子は誰だっけ、全然思い出せない。何故かペンペン草を抜きながらもう一回子どもの時と同じことをする気になれない。やたら沢山生えて、私はペンペン草を絶滅させねばならぬと思って、そんな余裕がないのだ。えいっ、えいっ、やっぱ私はどこか筋ばって、花がほこりみたいにみえる奴なんだ、ペンペン草なんだ。えいっ、えいっ。しかしペンペン草は、たとえ我が身の様ながら、その横の花が終えたすずらん葉をみつけると、オーオーそこにいたか、よかったよかった、あーふみつけなくて、よかった、と珍重し、やっぱペンペン草は邪魔だどけどけと思うのである。保護しいたわり、肥料をやり、いつくしみの目をもってすずらんをながめるのって、そーだ、男が美人をよろこぶのと同じなのだ。ふりあおぐと芙蓉《ふよう》が白いあでやかな花をつけている。こっちの方がきれいで派手だなあ、私が男だったら、すずらんに気が付かなくて、派手な芙蓉の花と寝たいと思うわかりやすい男になるかも知れん。そりゃ仕方ないわ、それっ、どけどけペンペン草。

喫茶店というものがあった

一歳から十歳までの時の歩みは、永遠の長さである。故に幼年時代は永遠である。六十五歳で十年をふり返ると瞬間である。

故に今十年前の記憶は昨日のごとくであるか、ほとんど空白に近い。無きが如くの人生であるが、昨日の十年前はすでにレトロにかすんでいる。昨日がレトロになっている。

十年前スターバックスは無かった。と思う。

喫茶店というものが、まだ沢山あった。

喫茶店というものには様々な人生が、その時の世の中が、すけて見えた。

これは二十年位前かも知れないが隣の席に五、六人の男達が居た。私はいかなる時でも、喫茶店では耳を澄ますのである。

「だから、ワンフロワーの利潤をもっと上げるべきなんだよ。もうこれは機械的に計算すればすぐはじき出せるだろ」

「しかしなあ」「そんな事言ってたら成り立たんよ。事実赤字でにっちもさっちもいかないんだから」。何の商売だろう。男たちは人品いやしからぬなりをしている。「トップは古いんだよ今一番赤字はどこかわかっているだろう」と仲々切れ者の経営者なのだろうか。

「だから、小児科を全部無くすべきだよ」

医者だったのか。

へえー小児科は金にならんのか。

しかし、小児科を無くしたりは出来ないだろうなあ、だって医は仁だもの。

小児科を無くせと力説する男が急に人品卑しく見えた。

そして年月を経て、本当に小児科はほとんど無くなった。

私は今病院に行くと、あの喫茶店の男たちを思い出す。やっぱり切れ者だったんだ、あの男は。

そして十年位前、私は自分より三十位若い男と丁度よいうすぐらさの喫茶店にいた。私はくせで、喫茶店のどんづまりに席をとる。どんづまりは店全体を見わたせるからである。空いていた。どんづまりはうすぐらいが、入口の近くに窓が一つあった。窓はおしゃれな格子でどういう工合になっているのか、四角い窓が緑の葉っぱでふちどられていた。そのみどりの穴から、日がさしてまぶしかった。その窓にはりついた席に、若い男と女が向き合っていた。どこにでもいるデートをしている若者たちだった。

私の前の若い男は下らない話をし、私はその下らない若さがうらやましかったし、多分小母さんの私はうれしい顔色をしていただろう。すると若い男が「すげえ、ちょっと見ろよ。急に見るなよ」と目をビカビカさせて私に言った。若い男の顔は私の方を向いたまま黒目だけ思いっきり右の方に寄せていた。

私はそろそろと自分の目を左の方に寄せた。向き合うと目玉はそういうあんばいになる。

デートしている男と女が見えた。男はテーブルにガバッと体を伏せてテーブルの女のうでをつかんで、必死に女に何かをうったえている。女はうでをひっこめて、うで組みをした。男は抜かれたうでをそのままテーブルに残し体を折ったまままさらにうったえている。

「おう、ふられる瞬間だぜ」。私の前の若い男はまるで急にワイドショーの小母さんみたいになった。

　男は仲々ハンサムで、いいとこの坊ちゃんみたいな清潔感がある。女も偏差値が高そうで知的である。白いセーターをすっきり着て、黒いズボンをはいて誰が見ても素敵なお嬢さん、そのへんを遊び回っている今時の女の子のようには見えない。

「ありゃ、だめだ。あの女、新しい男がもう居るネ」

「そうかね、真面目そうで、素敵じゃない」

　二人とも黒目を片方に寄せたままである。

「すごく似合いと思うけど」

「いや、男が居るね」

　女はうでを組んだまま一言ももの言わない。すると男はうでをテーブルにのっけたまま、ひっくひっくと背中を波うたせた。

「見なよ、泣き出したよ」

「見てろよ、もうすぐ女、出て行くぜ」

　本当だった。女はすくっと立ち上がり、伝票を持たずにスッスッときれいに歩きふり向きもせずに店を出ていった。

「お茶代男が出すんだぜ」

女が立った時男は空しくテーブルの腕をさらに前方にはわせた。そしてガクッと首をテーブルにのせて、背中はもっと大きく波うった。そして声まで出し始めた。

「うっぐ、うっぐ」

「青春だなあ」。私の前の男は泣いてる男より若いのである。

「あーいう女は悪いのよ」「何でわかるの」。しかし、私もわかっていた。あーいう女は悪いのだ。一番始末におえないのだ。悪女は天使の姿をしている。

「五月かあ」。前の男が言った。

男は四角いみどりの窓から光をいっぱい受けて泣きつづけていた。

輝く緑の光の中で尊い青春の瞬間であった。見ただけで真実など何もわからない。

しかし、勝手な物語を人は創りたがるのだ。スターバックスで別れ話をする人達もいるのだろうか。

猫に小判

何を成功と言い、失敗と言うのか私にはわからない。

完璧と絶対という言葉は私の辞書にはない。

夢と希望は持たない。

明日のことより今日、今、現在で手いっぱいで、閑ができてゴロゴロしている時はボーッと過去の出来事を牛のように反芻《はんすう》している。

私は後ろ向きに全速力で走っていると人に言われた。

口惜しいとか馬鹿げたばかりの人生だったが、また生まれ直しても全く同じことをすると思うから生まれ変わりたくない。

馬鹿げて金をどぶに捨てたことがある。

人を出版パーティーに送っていった。ゴムゾーリに自分でハサミで裾を切ったジーパンに男物の黒いセーターを着ていた。会場の玄関で友達を降ろすと私の知っている編集者が立っていて、手をひっぱって中に入れとしつこく言う。「こんな格好じゃあ」と思い、八時の青山通りを走って開いている店に飛び込んだ。

一番先に人形の着ているスーツを脱がせ、その下の黒いセーターを出させ、試着室で汚いものを次々と足で踏んづけて着替えた。「ネェー黒いストッキングある？」「黒い靴ある？」。全部あったので偉い店だと思った。金を持っていなかったのでカードを出した。

えっ？　えっ？　三万九千円は安いが三十九万円？　ってことあるか？

私はじっと数字を見た。

私はブランドというものを知らなかった。開いていた店はマックスマーラというブランド屋だったのだ。

ちっとも似合わなかったが、友人の間で〝洋子さんのマックスマーラ〟という笑い話はできた。あれから一度も着ていない。

森羅万象

「私が一番スケベだと思うこと」というアンケートに答えて

この質問は間違いじゃないかと思う。

世の中にスケベでないものがあるのか。

森羅万象全てスケベである。

例えば海に行く。

シャワシャワシャワと白く泡だつ波が、指みたいに砂の上をはって来る。

シャワシャワシャワ。

レース付きスリップを引きずる様に指は引き上げてゆく。

少し遠くを見ると水面がうねって近づいて来る。男に逢いにゆく女の胸の内とどこが違う。

太陽が落ちる。

雲が血染めになって金色のふちがくずれてゆく。本当にもういやらしい。

風が吹いて腕の毛なんかがフワッと立ってなびいている。

砂の上にしがみついている小さな草が、よく見ると黄色い花なんか目いっぱい咲かせて、小さな性器もがんばってます。

遠くで子どもの声がする。

誰だ、あれを産んだのは。

「ごはんようー」母さんの声がする。

あの母さんは……。やめるわ。

芸術はおしなべて……やめるわ。

ことばってもんは……やめるわ。

宇宙は……やめるわ。

小林秀雄賞 受賞スピーチ

このような立派な賞をいただきまして、世間も驚いたと思いますし、私が一番びっくり致しました。小林秀雄氏は立腹してくだまいているのではないかと思います。死んでくれていてありがとう。

中沢新一先生、その偉大なる知性の寛大さをもちまして、私の様なものと同列に並べられたこと、どうかお許しください*。

このようなめでたい事は、それをはげみに先さらに努力フンレイするものと存じますが、何しろ、寄る年波でございます。それに皆様よくご存じの様に、この本は、誰のためにも何のためにも役に立たないものです。それでも本にしてくれた筑摩書房の土器屋さんに心より感謝致します。又、審査員の皆様、ふと我にかえって目を覚さないでください。

私は絵本作家であります。絵本について何かを申されたら、いささかの自負もございます。しかし、文章に関しては根っからの素人で、自ら何かを書きたいとか書かねばならぬと思ったこともございません。本は沢山読みましたが、誰かの影響を深く受ける教養の素地も受ける能力もなかったのではないかと思います。もしあえて言わせていただければ私がショウゲキを受けつづけた文章は山下清でした。しかし、私には生来のあの特異性の持ち合わせもありません。いつかあのように嫌々ながら作文を書き、素裸の肉体と同様直接の魂をこの世の風にさらす事が出来たらと夢見ています。

私には九十歳の痴呆の母がおります。すでに、私を誰であるか認識することも出来ません。先日母のベッドにねころがって、「母さん、父さんは?」とききますと、「あら、私もうずっと何にもしてないわよ」と申しました。何にもとは何でありましょうか。母は七人の子を産みました。母の人生を思うと私もすっかり疲れを感じました。「あ、疲れたね。母さんも疲れたでしょう、私も疲れたよ、一緒に天国へ行こうか、いったい天国はどこにあるのだろうね」と申しますと、「あら、わりとそのへんにあるらしいわよ」と声をひそめて答えました。

本日は本当にありがとうございました。

＊　第三回「小林秀雄賞」の受賞作は、佐野洋子『神も仏もありませぬ』と中沢新一『対称性人類学　カイエ・ソバージュV』の二作だった。

Ⅳ

単行本未収録エッセイ

解説

（＊川上弘美『神様』解説）

無意識というものを発見したのはフロイトという学者だそうである。私は発見ではなく発明なのではないかと疑うのであるが、ド素人でも「ムイシキ、ムイシキ」と平気で使用する。心理学者や学問のある人達は「意識下」などとさらに格が一つ上の様に表現する事もありド素人の私はさすがに「意識下」などということばを口にすると居心地が悪い。しかし、ムイシキということばの方は、各戸に水道が設置されて、必要に応じて蛇口をひねると水が放出するように、各人に用意されていて、ちょっとした事、例えば、冷蔵庫の中にひょいとキューリと一緒に財布をボーッと入れ忘れたりすると、「無意識だったのヨ」と弁解するか、「呆けたらしい」と謙遜するかしているが、正確にはボーッと不注意であったか、だらしない性格であるか、心ここにあらず邪《よこしま》の事に頭が行っちまっているにすぎない。あるいは本当に痴呆が始まっているのかも知れぬ。一番困るのはけんかなどした時である。「私はそんな事決して考えていない」と主張しても「あなたの無意識の願望が出て来たのよ」と言われると、手も足も口も出なくなり、心の中で「ヒキョウモノ」と叫ぶしかない。無意識はさらに口の達者なものにかかると私なんぞ、イジメにあった小学生みたいに涙ぐんだりしてしまう。「あなたは、無意識に長女であるという特権で、常に人を押さえつけようとしている」「あなたは、無意識に自分の容貌のコンプレックスを美人に対する攻撃に使う」「あなただって、男に無意識にコビてるじゃない。おまけに根性が曲がっているから、気のある男をイビるという表現になるのよネ」。あたしゃあずかり知らぬ事だと言いたいが、何しろこっちは意識の無い死人みたいなのだから、ヒ、ヒ、ヒキョウモノと涙をのむか、ばかに物わかり良く、「あーそうだったのか」「へーそうでしたか、私の気のつかぬ事を教えていただいてありがたい」と頭をたれるのである。

その上私だって、「ムイシキ」を武器として人をきめつける道具に非常に度々使用している。フロイトが発見する何千年も前から、ものがなくなれば「神かくし」などと言って、キューリはおろか人間が失踪したりかどわかされたりしても「天狗にさらわれた」か精神疾患に関しては「もののけ」がとりついたとして加持祈禱を行っていたのである。私はその方がよかったなどと言っているのではない。無意識の発見は人間のこの世に対する視線を変え、自分への認識も大きく変え、共同体を変え、社会を変えた大変なことだったと思っている。

しかし、心の中の中の事は解剖分析が不可能な広大な宇宙なのであるとは思っている。

私の知識は本当に無いも同然であるから不正確この上ないと思うが、無意識の発見は「夢」という不思議なものから始まったらしい。

やはりフロイトとはすごいと思わなくてはいけないのだろうか。私達は皆夢を見る。不思議な面妖なことである。私は夢の中でいつもあっと驚く。

目が覚めている時「あっ」と驚くことは望んでもそうそうぶちあたる事はない。しかし「あっ」と驚きたくて映画なんぞの夢の代用品に金を払ったりする。私の夢なぞ、そのスケールと言い、意外性と言い、絢爛豪華さと言い、その支離滅裂さと言い、夢の様であるが、これは私に能力があるからではなく、運がよければ眠りにつくと現れ、運が良ければ自分の尻が桃になり、むき出しの桃のまま空をあっちこっちとびまわり気がつくと、私の桃になった尻が巨大な青々とした栗のいがにとてつもないスピードで落下してゆく。そしてその直前に恐怖のために目が覚める（別に運が良くないか）。運が悪ければ、人を殺してバラバラにし黒いビニール袋につめて、リアカーで運び一晩中暗い野原をうろつき回り疲労で目が覚める。そして、夢の脚本の変更は出来ないので、あーあーあーと思っているだけである。夢とはそういうものと思っていたら女優のキョウ子さんは「見たい、見よう」と思う夢が見られるそうなのである。そういう時は自分で寝る前からわかるそうである。その上昨日の夢の続きを「見よう」と思えば見られるそうである。私は人が錦の衣を着ていても羨ましくないが、キョウ子さんの夢に対する支配力は心底羨ましかった。

しかしもっともっと凄い人が出現した。

川上弘美さんである。ナマの川上さんは知らないので、川上さんの作品である。私はもうお婆さんだから、若い人の小説は読まない。たいがいは、やたらパカパカ男と女が寝て、寝ればこの世の地獄になるはずが、このごろの若い人は地獄が嫌いらしくて、パカパカ寝てもすーっと地獄をさけて、サラサラ流れる春の小川の上澄みみたいなきれいな心持ちを持っているのか、行方不明になった恋人が帰って来ても主人公の男は「それはよかった」の一言で終ったりする。よくないだろが、本当は言葉なんかそうすらすら出んだろが、嬉しさ口惜しさひっからまったあまりトンチンカンのことを言ったりやったりしないのか、急に掃除機持ち出すとかさ。と思うのはお婆さんになってしまったのだろうかと思うのが嫌だからである。

川上さんの本は読んだことがなかった。「神様」の一行目を読んで、「あ、これは夢だ」と思った。面白くて面白くてやめられなかった。私は初めの一行から笑ってしまった。

「くまにさそわれて散歩に出る」。笑う。楽しいではないか、人の夢を自分の夢みたいに感じて読んでいる間中アハハアハハと笑っていた。

壺の中から「ご主人さまあ」と若い女が出てくるとアハハアハハと笑ってしまう。どこでも夢の中の感じが、自分が夢見ているのと同じなのである。

同じ夢はキョウ子さんでないから一度しか見られないが、本だからちゃんと証拠の文字で印刷してあるので、くり返し夢を見られる。

夢がある場所はどこか知らない。意識下と言うのなら、どっか下の方なのか、下っていっても体の下か脳の奥か、地球の中心あたりかわからない。夢から覚めた時は、どっか上の方から夢が降って来たような気がするし、私の責任ではない気がする。沼の中からあわみたいにわいて来たような気もする。しかしどこか場所があるにちがいない。きれいな夢は天から降って来るようだし、悪夢は暗いところからわいて来るような気がする。

川上さんは、どっかで、入り口をみつけて平気でトコトコそこに行ける人なのだ。行って、ずっと好きなだけ遊んで、好きな時に帰って来る。どっかり遊んでいるから細部なんかしっかり見て、しっかり見ると夢はこんな風に笑えるのだろう。細部はしっかりあっても夢の中のものは肉体がない。見ている時はある様な気がするが、肉体がない。肉体がないと本当には苦しくない。私達の夢は一方的に降って来るからただただ受身であるが、川上さんはペンでもってその一つの夢のストーリーを支配出来る。異空間も異時間も彫刻家がのみで彫り上げる様に仕上げる。私はこういう小説家を知らないし、こういう小説も初めてである。

人間の入れ物は一メートルから二メートル位の大きさで、ゴジラの様にでかくはない。

体を切り開いても肉と内臓と骨ばかりである。そして、どこに心といおうか魂というものが住みついているのか目には見えない。

外界は果てしなく無限に宇宙へと広がっている。うちの周りのことだって碌に知りはしないまま死ぬのである。しかし、一人の人間の内界も又、果てしない宇宙である。外界の宇宙と全く同じく広く深く果てしない。体の中におさまっているなどというものではなく心の中にも何万光年の時間が生き、いくつものアンドロメダ星雲を持つのであると私は思う。しかしそこも碌に知りもしないで死ぬのである。フロイトの天才が無意識を発見したのは流れ星を「あっ、流れ星は隕石が落っこって来るんだ」と気がついた位のことかも知れない。

夢が発生する魂の場所にスタスタ平気で行って、いつまでも遊んだり、さっさと帰って来たりする川上さんは、ペンで、私達に自分の見ない夢を見せてくれて、私は実に得した気分になる。

私は人の夢を見たいといつも思っていた。かなわぬ願望が川上さんの小説を読むことで果された。

その上、自分の夢の細部を川上さんが完成させてくれる。びっくりして目が覚めて結末が無くなってベッドの上で呆然としている私は、いつか見た夢をいくつも思い出す。例えば、白いライオンが川を渡って土手で坐っている私の横に坐って並んで川を見ていた。私はどきどき嬉しくて銀色に光るライオンの毛をチラチラ横目で見て、どうもそのライオンは私のことを好きらしく、風なんかも吹いているので、とても気持ちいいなあと思っていると「腹へったよう」という子供の声でこの世にもどって来てしまったが、川上さんなら悠々と、あの白いライオンといつまでも遊んで、いろんな事するなあ、一緒に住んだり、そしてライオンが恥ずかしがり屋だったりして、私は夢の白いライオンに川上さんちに遊びに行っておいでと言う。ちがう時、私は大きな男の友達を横がかえにして西洋の坂道を何故か必死に走っていると気がつくとそれは鉄になって赤くさび始め、見る見るうちに私はさびた巨大なペニスをかかえていた。

こんな夢を人に話してフロイトの夢の分析をやられたら、きっと色気狂いの女にされてしまうだろうし、私の無意識はいやらしいものでびっしりつまっているみたいに思われるのが嫌で、無意識無意識っていうことばが、私は嫌いなのである。人は楽しかったり、恐ろしかったりする夢を見られるから安心して生きていけるのだから、偉い人が川上さんの小説を「若い女性の無意識の世界を描いた才能に脱帽する」などとどっかに書かれると、サハラ砂漠の砂をハンカチにつつんで、これがサハラ砂漠だと言われる様でムッとした。

私の夢の中のさびた巨大なペニスも川上さんちに遊びに行かせよう。

6球スーパー

戦後6球スーパーというラジオを父が買った。家が四軒しかない部落で、ラジオがあるのは家だけだった。

くねくね曲った山道を四十分歩いて学校から帰ってくると小さな部落が遠くに見えてくる。すると、私の家のラジオがかすかに聞こえて来ることがあった。

まわりの畑で働いている人が、ラジオをきかせてくれと云っているからだった。

広い畑にラジオがかすかにきこえると、あたりが一そうシンとしていることがわかった。

夜になると裏の家のおじさんが、なにわ節をききに来た。

おじさんは、縁がわにじっと真すぐに坐って、一生懸命になにわ節をきいていた。

私はなにわ節が何を云っているのかわからなかった。ウンウンうなるのできいているると苦しくなるのだった。

なにわ節とおじさんは一体になっており、それをひきはがすことは出来ない様だった。

なにわ節が終ると、おじさんはていねいにおじぎをして帰った。おじさんはいつもほとんど何も話をしなかった。

今頃、あんなに一心不乱に礼儀正しくラジオを聞く人は居ない。

昼のいこいという農村向け番組があって、毎日同じテーマミュージックをやっていた。

その音楽が鳴る時、私に見えるのは前の田んぼとそこに働いている人と、その向うの富士川の河原といく重にも重った緑の山で、それは家の中でも表でも同じ風景だった。毎日毎日同じ風景だった。真昼のその時間は、だらんとだらけてしーんとして明るかった。

ある日山道がひらけて田んぼが見えて、遠くに私の家が見えるところに来ると、田んぼの中で、どこかのおばさんが、おしりをまくって、田んぼの中を四つんばいになっていた。おばさんは同じところをぐるぐるまわって、「深いよう、深いよう」といっているのだった。私はぶったまげて、恐る恐る足音をしのばせてその田んぼのわきの道を通り、ふり返って走り出した。

私は家の中にとび込んだ。縁がわで畑をしていた人がおべんとうを食べてお茶をのんでいた。私は母に今来た田んぼの方を指さして、説明した。おべんとうを食べている人と母と私はおばさんが四つんばいになっていた田んぼを見た。おばさんはスタスタ山道を歩いていくところだった。

「きつねだよ、ばあさん。又だまくらかされただよ。あんとこよく出るところだで。河でも渡させられたずらよ」とおじさんが云った。「昼のいこい」の音楽がラジオから流れていた。

この間ラジオから同じテーマ音楽が流れて、私は非常におどろいた。三十年以上同じ時間に同じ音楽を流している。

私には、四つんばいになって田んぼの中をはいまわっているおばさんとそのずっと向うに小さく見える小さな家が見えた。私はあの音楽をきいてそれ以外の情景を思い起すことは難しいだろうと思われた。だらんとだらけてしーんとしている時間を私はもう一度ありありと感じることが出来た。

私はダメな母親だった

私はみっともない母親であった。

友人ははき捨てるように「あんたともあろう人が子供のこととなるともう見ていられない、いや見たくない」と言った。このあんたともあろう人ってのは気に入ったけど、だからこそ本当に醜い母親だったのだ。子供にさえ言われた。「あんたは、人間としてはまあまあだけど、母さんやってる時はみっともない」。この人間としてはまあまあというのは気に入ったけど、そのみっともないことをさせる当人に言われたんだから情けなかった。私はだから、なにも言えない。しかし開き直らせていただければ、子供は親が育てるものではない。自分で育っていくのだ。そして親を育ててくれるものなのだ。もしも私に子がなかったら、そしてもし子があってもそれがいい子だったら、私はとんでもなくイヤなやつのままでいたに違いない。もしもいい子だったら、それは自分がいい賢い母親で、自分の教育の成果だと勘違いをしていたかもしれない。

思春期に子供が荒れ狂った時、私は毎日泣いていた。全部自分のせいだと思ったのである。私は自分の生きてきた道すべてが、子供をそのようにしてしまったのだと思った。ありがたいことに世間の人すべては私のせいだと言った。本当にありがたい。しかしある人は「自分のせいだなんて思いあがるな、自分が子供にそんな影響力があるなどと思うのは子供の魂への侮辱だと思う。彼は今人間になろうとする混沌を生きているのだ。彼をそんな弱い人間だと思うのは失礼というものだ」と言った。しかし、バカな私は「そうか」なんて思えないのね。ただひたすら、自分を責め続け、うろたえ、おろおろして、毎日ドッキンドッキンと不安であった。やることなすこと、裏目裏目に出てくるのである。しかし、裏目をやめることができない。

ある時、ケロリとまともになってしまった。それは、私が母親の愛をすべて捧げ尽くしたからではなかった。子供が、親以外に愛する他者を見つけたからである。私は呆然と腰が抜けた。そして私は、土下座して神に感謝したのである。「ありがとうございます。あの子に人を愛する力を与えてくださったこと、そんな偉大な力を与えてくださってありがとうございます」。私は本当にうれしかった。ふ、ふ、ふ、べつに私を愛してくれたんじゃなかったけどね。人は人を愛することで、人間として実にまっとうになるのである。私はこれで安心だと思った。私の役目は終わったのである。そしてそれから彼は彼の人生を歩き始めたと私は思っている。そして思い返すと、私は子供によって実に楽しい人生を持つことができた。それは、なんでもない、ただ子供がかわいかったということだけである。どんなことも、ああかわいかったと思わせてくれたので、私は、思い返してニマニマ笑ってばかりいられるのである。テレビにばかりしがみついている子供に腹を立てて、私はテレビを外に放り出した。子供は延長コードを引っ張り出して地面に横たわってテレビを見ていた。笑えるの。今なら。「そんなに言うこと聞かないなら出て行きなさい。あんたの来てるもの全部私が買ったものだから全部脱いで出て行きなさい」。子供はパンツを脱いでスッポンポンでたんぼの中に出て行った。かわいいと思わない。八つの素っ裸の男の子。私は、子供が人を愛せる力を持てれば、それがすべてだと思う。男の子であろうと、女の子であろうと。そして愛する人と生きていくための力をそこからつかんで、金も稼がにゃならんし、人を守らねばならぬ。人とうまく付き合わねばならぬ。そのために私は何をしたか、なにもしなかった。私はただ子供がかわいかっただけである。愚かでみっともない母親をやっただけである。

屈強なおまわりさん

住所は東京都だが、私の家は山の真ん真中にある。山の真ん真中に二軒だけ家がぴったり寄りそって建っている。あとは樹ばかりで、車が通る道から家までの間に明りが全然なくて、月の無い夜は墨壺の中にどっぷりつかっている様で、家の先はさらに樹ばかり、もうこってりコールタールで塗りつぶした様な闇なのである。家の隣に大きな駐車場があるが、それも真暗闇で、夏など、中学生が集まって花火を上げたりしている夜なんかがあると、人の気配が嬉しいくらい、淋しく怪しい場所である。

ある晩、テレビを見ていたら、ピストルなどが沢山日本に密輸されているというニュースを見て、テレビを切った。シーンとするのは当然であるのだが、その時、パンと短い音がして、又シーンとした。どうしてもピストルの音としか思えないのである。空耳だと恥ずかしいから隣に電話をしたら、隣の娘も音をきいたと云う。少しワクワクして一一〇番した。五分もしない内にパトカーの音がして、家の玄関にものすごいでかい若いおまわりさんが立っていた。制服って強そうに見える。おまけにいい男、頼もしい。日本の警察って、世界で一番。

私の説明を聞いて、「何でもありません。怪しいものも居ません」と断固として云う。来る時間入れて五分もたってないのにそれ程じん速に調べてくれたのか。頼もしいけど怪しい。夜十時だったが、私はその日急に恐くなったので、隣にしばらく居させてもらおうと思い、「おまわりさん、隣まで一緒に来て下さい」と云うと「ハイ」ときっぱり云ってくれた。隣の玄関の前で巨人的屈強なおまわりさんは大きな懐中電灯をぐるりと上下に回した。そして「こここわいですねェ」と云う。「でもね、昼間はすごくいい所なの」「いくらいい所でもネェー」又ぐるりと回す。「あのネ、この奥で首つりがあったのよ」「えっ」私は初めて、人の首に寒イボが発生する瞬間を見た。寒イボって一個一個に産毛が生えているのね。「この奥も行ってくれた?」「いいえ、いいです」いいですってお前おまわりなんだろ、そんな恐怖におののく目を善良な市民に丸出しすんなよ。

私はパトカーが止まっている所まで真暗闇の中をつきそって行ってやった。

卵、産んじゃった

父が初めて私に注目し、過大な期待と愛情を持つきっかけになったのは、ウンコだった。私はその時分の自分のウンコなど、何の記憶もない。

「こいつは大人物になるぞ。とんでもねえ太い糞をしやがる」と云ったのである。あー、大人物、もはや死語である。人物という〝大〟抜きでも死語である。まして、生れて三歳四歳の女の子に向って云う言葉であろうか。子供心にそれを聞いた時の複雑な気持は忘れない。とんでもねえ太いウンコをする自分を喜んでいいのか、恥じていいのか。

兄は生れつき虚弱児で、年がら年中腹下しをしていたのである。母は便所に行く兄について回り、「坊や、今日はピーピー?」と、かならずきいていた。兄はピーピーとかピーピーじゃないとか律儀に報告していた。ピーピーの時の母の絶望的な目つきや、不安げな所作挙動は、羨しいものであった。私は一度もウンコの状態など、きかれたこともない。

私もピーピーのウンコをして同じ様に母を心配させたいと心底願ったが、生後一年、私は片手にゴボウの天ぷら、片手にアイスキャンディーを持ち、交互にたいらげて、しかもピーピーにはならなかったのである。それは我が家の伝説になっていた。何故か母はその伝説にふれる時、憎々しげに私を見、父は、いかにも頼もしげに私を見たのである。母と私の一生の確執の基は私のウンコにあったのではないか。

ウンコの按配が良くなかった兄は十一歳で死んだ。父も私が十九の時死んだ。

昔の便所はウンコを観察するのに都合良くできていた。父は何と断面が四角いウンコをする人だった。

ある時、父のあとに便所に入った私は角のあるウンコが湯気を上げているのを見たのである。多分父はイボ痔だったのではないか。

ピーピーウンコをしたり、四角いウンコをしたりする人間はやはり早死するのだろうか。

そういうわけで、私は何十年も排便に対して何の憂慮も持つことがなかった。下痢、便秘に関与したことがない。年月は私を成人にしたが、大人物になるかけらなど、どこを点検しても発見できなかった。私のウンコを頼りに私の大人物を夢見た父が早死したことは、父のために幸せだったと云わねばならない。

しかし、立派なウンコは、我ながら感心することしばしばだった。堂々たる巻きウンコ。ウンコの先端は天に向ってソフトクリームの仕上げの様にそびえ立つ。ある時、ひらがなの〝う〟の字形のウンコが便器に横たわっていた。

私はそれを流すと、残りで〝い〟の字を描いた。

その時、私は決意する。明日から、五十音全部やってやる。〝お〟の字も〝あ〟の字も立派に描いた。しかし、そんなこと、誰に云えよう。証拠の提出なども嫌がられるであろう。たった一人の密室の芸術、そしてはかなく流れてゆくのだ。

五十音はどこまでやったか、忘れた。最後はト音記号を制作し、その芸術に私は終止符を打った。

立派なウンコは打ち出す穴が立派だったに違いない。私はウンコのあと紙はふく真似だけすればよかった。紙に何の痕跡も残さないのである。しかし、数十年、私のウンコ天国に混乱がやってきた。

便秘がやってきたのである。信じられなかった。多分、神経症のごく初歩的段階だったのだと思う。抑ウツ症になると同時に、便秘と不眠が始まった。ほぼ十年、私は抗ウツ剤と便秘薬と睡眠剤を使用した。抑ウツの原因を放置して対症療法の抗ウツ薬を使用したことを、私は一番後悔している。

何やかやして、私は、とんでもない自律神経失調に突入していった。

私の人生はそこで真っ二つに折れてしまったと思う。便秘薬なしで、私のウンコは十日でも十五日でも出てくる気配はなくなってしまった。

薬屋で買った漢方の錠剤は指定の六倍飲んでも出てこなかった。センナ末という、緑色の粉をオブラートに包んで毎日飲んだ。そうして押し出したウンコはとても大人物のウンコと云えるものではなかった。

何故かドロドロの、赤ちゃんの離乳食に墨と緑の絵具をまぜた様な色になり、形状というものは無くなった。コロイド状なのである。

体中が痛くて七転八倒している時も、センナ末を飲み、とにも角にも排便をした。

体中の神経が狂って、何が起っても、驚天しているだけだった。

人のウンコはくさいものである。ナポレオンのウンコも、吉永小百合のウンコもくさいはずである。しかし、私のウンコからはウンコの匂いが消失した。何の匂いもしないドロドロウンコを排出しているのである。人は、神経症で私の鼻が狂ったと思うかもしれない。しかし、私はつわりの様にごはんの匂いがくさくて、たきたての飯を見ると、うっとはき気がする。せめて風呂に入る時は、(その時はいつ死ぬかわからんと思っていたので)上等な匂いの石けんを使おうと、〝イッセイミヤケ〟の宝石の様な石けんを使用していた。私はあの匂いがとても好きだったので、オーデコロンも購入した。だから、鼻が狂ったのではない。

ウンコの匂いは万人が嫌悪する。自分のウンコの匂いだって、我慢の限界である。ウンコはその匂いによって、他の物質と決定的な違いを有するのである。匂いの消失したウンコを放出して私は喜んだか。いや、背中が冷たくなる程ぞっとした。あゝついに、私は人間でさえなくなりつつあるのか。一体、何が体の中でおこっているのだ。匂いのないウンコなど、見たことも読んだことも、噂さえも聞いたことがない。私はもう一度、排便したあとにすぐ誰かがトイレに入ろうとした時、「ダメ、ダメ、もうちょっと待ってから」などと云える様になるだろうか。

仕方ない、私は行くところまで行くしかない。しかし、私は匂いのないウンコのことを思いわずらう余裕がなかった。体中が、刃物、鈍器、爆薬、万力、その他あらゆる凶器でもって打ちくだかれ、切りきざまれ、声さえ出ない苦痛で、汚い虫の様にころがっているだけなのだった。

知らなかった。匂いのないウンコなどがこの世にあることなんか。父の四角いウンコなんか、驚くことなかったのだ。

二年半以上、私は匂いのないウンコを排出し続けた。

私が毒虫になって六カ月程たった頃だった。

ある日、私は排便したあと、何の気なしにふと、便器をふり返って見た。暗緑色の離乳食状の便が、便器の中に広がっていた。その中に太い白いロープの様なものが、長々とぐるぐる円形に混入していた。太さ一センチ位だった。回虫かと思ったが、回虫より太く、何より長々ととぐろを巻いているのだ。あー、さなだ虫だ、私は神経が狂って、頭も狂っているが、体には何の異常もない、この上に外の病気になることなどないと何故か固く信じていたのだ。私はそのロープを見おろしながら「この上、さなだ虫か」と地震の上にすずめ蜂がおそってきた様な気がした。

仕方ない、あきらめるより外ない。私はさなだ虫というものは学校の保健室のポスターで見ただけだった。さなだ虫の恐しさは出てきても切れ残ったのが生き続けて、又どんどん成長するという知識しかなかった。ヤダナ。ポスターで見たさなだ虫はこまかい節があった。しかし、今便器の中にあるロープは、つるりとした管なのだ。私は顔を近づけてその管をまじまじと見た。一体これは何なのだ。私は割りばしを持ってきて、つついてみた。

それは生き物ではなかった。厚い膜なのである。腸詰めの腸を厚くした様で、むやみに丈夫なのである。つついてもなかなか穴があかない。ゴムの様で、細くて長い長いコンドームみたいだ。一体中に何が詰っているのか。必死でつついて、ついに穴があいた。何と中はウンコ、それもコロイド状の暗緑色のウンコなのである。ロープをとりまいている外側のドロリとしたのと同じウンコが詰っているのだ。

私はしゃがみ込んだ。こんなものを排出する奴、いるのだろうか。医学的に一体どういうことなのか、こんなウンコを見た医者、いるだろうか。できたら、それをそのままどこかの研究室に提供したいと思ったが、その時、私は太平洋の水の上に浮かんでいた。船に乗っていたのだ。神経も頭も狂って、せっぱつまり、とにかく飯を食わせてくれるところ、そしてもしかして、太平洋の輝く海を見たら、神経も輝く海にだまされて、快方に向うのではないかと、私は狂った判断をしたのだった。

太平洋の真ん中でロープ状の白いウンコを排出して、私はただまじまじと、不気味な腸詰めをながめるだけだった。実物を見ない限り誰も信じないだろう。この丈夫な膜は一体何なのか、その中に何でウンコがぎっしり詰っているのか。それも一メートル位も。しかし、私がそんなものを排出しても別に死にそうもないのだ。私は惜しい気もしたが、水に流した。あれは多分、太平洋の真ん中にただよい去ったにちがいない。次の日も又、ロープが出現するかと、多少の期待をしたが、それっきりだった。たった一度だった。私の神経は、太平洋もだましてはくれなかった。もっと具合が悪くなった。四十日の予定を十一日で切り上げた。

それから、又何カ月か過ぎた。

私は家でまだ毒虫生活を続けていた。ウンコのことなど気にかけていられない程、体中が痛かった。

胆石もやったし、手術して二十センチも腹を切ったこともある。ばかでかい頭の赤ん坊を産んだ時、世の中にこんな痛いことあるのかと驚いたが、あんなもの、何でもなかった。あと十回でもでかい頭の赤ん坊産んでやる。胆石で救急車に乗ってやる。この狂った神経にやられ続けるのなら。

その日、友達が来ていた。人が居ると少しは気がまぎれるので、私は誰かれなしに、人を呼びたがったが、一年もたつと、もう友達も底をついてきた。最後まで、毒虫の私につき合ってくれた友達は一人になってしまった。

一週間に一度必ず泊まりにきてくれた。

「もういいよ、あんただって仕事あるし、こんな不景気な汚い毒虫見てるの嫌でしょう」

「毒食らわば皿まで。もし死ぬんだったら、死ぬ時どんな気持かくわしく説明してくれればいいよ」

「でも、自殺以外では、これ死ねないよ。畜生、絶対に治ってやる」

私は四つんばいになって、便所にウンコをしに行った。私は便所から出てきて友達に云った。

「わたし、卵産んじゃった」

「えっ、まさか流してないでしょうね」

「あんた見るの？」

「見る、見る」

「本当に見るの」

私を押しのけて、友達は便所に行った。私は友達のうしろから、私の産んだ卵をのぞいた。二人で便器の側にしゃがみ込んで、卵をじっと見た。

にわとりをさばいた時、卵の黄身が丸くいくつもつながって並んでいる。それにそっくりなのだ。卵の黄身位の大きさの、丸い黄色い風船の様なものがいくつも浮いているのだ。透明な風船の中では、真っ黄色い液がくるくるまわっている。まるで、シャボン玉の中で虹色の膜が動く様に。私は空気の玉を産んだのだ。

「あんた、これ何？」

友達の顔は喜びに輝いていた。こいつ一体どういう奴なんだ。いくら丸い風船状に見えても、これは本当はウンコなのだ。直径四センチ位の玉がぽこぽこ四つ位浮いている。風船と風船の間はよじれた膜がタコ糸の様に細くくびれていた。そして、もっとにわとりの卵に似ているのは、風船はだんだん小さくなって、直径一センチ位のものも二つ三つあるのである。

「あんた何？　これ」

人は珍しいものにこれ程飢えているのだろうか。この嬉しそうな面は。

正直云って、それはウンコとは云え、美しいと云ってもいい様なものだった。透明な黄色いシャボン玉。

「あんた、割りばし」

友達は命令した。私は割りばしを持って、又、便器にもどった。いくら珍しいと云ってても人のウンコをつつく勇気はあるまいと思って、一番大きい奴をつつこうとすると、

「ちょっと、私にやらせなさいよ」

と彼女は、割りばしを私からひったくった。割りばしでつついても、シャボン玉ウンコはくるくると水の中で回ってしまって、それに皮がばかに丈夫なのだ。

「何、これ。フォーク、でかい奴」

割りばしは捨てればいいが、フォークはどうするのか。捨てるのか、私はひき出しの中で捨ててもよさそうなフォークをさがしているのである。私ってケチなのかしら。一番でかい奴は友達がつぶした。本当に風船がしぼむ様にそれはよじれたタコ糸状になった。

「ちょっと、私にもやらせてよ」

私だって、その不気味なものを自分の手で始末をしたい。私のウンコだもん。二人でつぶし合った。

一センチ位のが残ったので「これやる?」ときいたら、

「つまんない、小さすぎる」

そして二人で便器をじっと見ていた。

「これ、調べてもらおうか」

正気にもどった様に彼女が云った。

「そんなら、つぶさなけりゃよかった」

「そうだね。でもあれはつぶしたくなる様子をしていたよ」

私は満足していた。証人ができたのだ。私は嘘つきでも大げさな奴でもない。私は何やら満ちたりて、その卵の残がいを水に流した。

便所から出てきて、こたつに向い合った。まだ友達の顔は喜びに輝いているのだ。本当にこいつは私が死ぬ時、「ねえあんた、どんな気持?」ってきくにちがいない。

「あれ出てくる時、変だった？　おしりの穴がポコポコっていう様な感じとかサア」

「いや、別に普通だった」

「一遍にドバァーと出てくるとかさあ」

「忘れたよ」

本当に人は忘れっぽいものだ。友達は一年以上も汚い毒虫状態につき合った甲斐があったという様な顔していた。私はこの人がこんな嬉しそうな顔をしたのを見たことないと思った。

本当に忘れっぽいものだ。

次に私はシマ猫のシッポ状態のウンコを排出する。それが卵の前だったか後だったか、今になったらさだかではない。

私のウンコは相変らず、コロイド状の暗緑色だった。ある時、ふり返ったら、便器の中にシマ猫のシッポの様なウンコがちゃんとウンコの形をして浮いていた。あざやかな黄色と黒のシマシマ模様なのである。長さ二十センチ、太さ三センチ位。黄色の部分一センチ、黒も一センチ位、それが正確にシマシマになっている。黄色と黒の間がぼけていることはない。私は又しても呆然とした。私が描いたシマ猫のシッポよりずっと正確なシマ状態を有している。一体ウンコは通常どの様な製造過程を経ているのだろうか。私だって健康な時、初めは黒っぽく次第に茶色くそして終りのほうはずい分黄色っぽいウンコを排出したことはある。そういう時は、そんなはっきりと色と色の間が識別できるものではない。

私はまだおしりむき出しだった。驚いてシマシマウンコを見ていたら、もう一度ウンコがしたくなった。

水っぽいウンコが出た。私は立ち上って便器を見た。驚いた。水にうすくパッとウンコが散っていた。それが黒いアゲハ蝶の羽根の様なのだ。真っ黒な羽根の中に実にあざやかな真っ黄色いうず巻き模様が描かれているのだ。偶然とは云え、シマシマウンコの両側に左右対称に黒アゲハの羽根が二枚、実にうすくすき通って広がっている。きれいな黄色いうず巻き模様のまま。

生涯、私はこんな美しいウンコをすることはあるまいと思った。珍しいもの見たがり屋の友達がいなかったのが実に残念だった。

私は一人孤独にそれを流した。

あとがき

ＭＲＩで頭の中を調べると別に特に異常ではない。年齢相応に脳味噌が縮んでいるだけで、同じ年の隣の小母さんと同じである。

しかし、異常な物忘れである。来てくれるお手伝いさんの名前が思い出せない。友達が来てくれて彼女の名前を呼ぶまでわからない。一度思い出すと大丈夫だが、次の日は怪しい。日時曜日がほとんどおぼろで四月だか六月だかわからず、曜日など毎日月曜日でもそうかと思う。

拍車をかけるのが日々の生活で、毎日ソファーに伸びてデレーッとテレビを見ている。何日でも何曜日でもかまわない生活をしているからだと思う。

そしてふと過去をふり返ると（ふり返りたい過去など全くないほど嫌なことばかりであるのに）何が先に起こり何が後だったか、回想と現在が行ったり来たりする映画みたいである。

今日箪笥をあけたら着物が一枚もない。誰かにあげたのだが誰だか思い出せない。昔から忘れっぽかったが、多分それは自分にとってどうでもいい事だったからで、それにしてもどうでもいい事が多すぎた一生だったと思う。

そして、強く思った。まるで生きていてもいなくても同じ一生だった。

しかし、必死こいた一生だったはずである。あんなこともう二度と出来ないというような事を歯を食いしばってやって来たことも沢山あった。

でも今や、そういう事も鮮度が次第に落ちてぼんやりはるかである。

忘れないと人は生きてゆけない。

年月を経て生きて来ると記憶も膨大になるが、覚えていたら芥川龍之介の様に若死しなくてはならない。私など三度位死ななくてはならない。幸い私は芥川ではない。神様ありがとうございます。

そういうわけで、私は自分で書いたものもへーいつ書いたんだっけと思うばかりである。

死んで閻魔《えんま》様に「名前は？」ときかれて「へっ、誰の？　私？　忘れました」と答えると思う。

二〇〇九年五月三一日

佐野洋子

解説　佐野さんは分かっている

長嶋 有

佐野さんは分かっている。

この本の中でしばしば、佐野さんはいろんなことを「分からない」「知らない」「忘れた」というけど、本当は多くのことを分かってるし、知っている（分かっていたし、知っていた）。

「分かっている」という言葉を行使するならこれくらい分かってないと、という、言語への厳密さがある。（誰と示し合わせたのでもなく）自己への許容基準が高いのかもしれない。たとえば折口信夫のこともモンゴルのことも、本書ではそういうけど、たぶん絶対に僕よりも理解している（知らない合戦ではないが、釈迢空をなんと読むか僕は今も知らない）。

佐野さんは分かったふりをしないし、分かったふりをして威張る人にも、ふりだと決めつけたりしない（ウタガイはするかも）。知らない、分からないということは必ず、その文章の序盤で切り出される。途中や最後ではない。出だしだ。

僕はそんな佐野さんに「あらアンタ、○○も知らないの？」と呆れられたことがある。もう忘れたが、○○には名のある文学者の名前が入るのだ。

「は、はい」恐縮する僕に佐野さんはでも、こう続けた。

「アンタすごいね、もうずっと『ドラえもん』だけ読んでいってね！」

「は、はい」
○○も知らない（ような人が「小説家」なんて肩書きでちゃんとやっていけてるらしい）ことが、佐野さんはどこかツーカイであるらしかった。
僕は今もその名前を「○○」なんて書き方で、つまり覚えてもいないしその後で学んでもいない。佐野さんにいわれた通り漫画ばかり読んでたら、立派な漫画の賞の選考委員になってしまった（別名儀で）。

佐野さんは、知っていることを誇らないけど、知っているし、知ろうとする。見識もある。ボーヴォワールに対する評はきっと的確だと思う。身体の状態が悪いときも自分のウンコを探究心ゆえに仔細に眺める（ちょっと眺めすぎだ）。なにかを「教えて」くれた人には感謝の言葉が大げさなくらいに出る。そしてこの世界のことを新鮮に不思議がる。北軽井沢の春に「若芽が一晩で一センチ」伸びることにまず驚く。でも、次の「不思議なことに毎年驚くのだ」という言葉には僕が驚く。

若芽が一センチ伸びることの驚きは、驚く自分への不思議にまで到達する。このとき若芽と佐野さんは、畑のラジオで浪花節をきくおじさんと音のように「一体化」している。「不思議」というとき、そこにいい悪いという評価はない。ずっと不思議なままだ。僕は佐野さんに言葉で不思議がってもらって初めて不思議がれる。

本書は、文庫解説も含め、他者や他の作品に対する文章が多く含まれる。いつものエッセイ集でみられる闊達な（かつ、不思議がる）言葉と、少し趣が異なる。評する対象に気を遣っているようにもみえる。

面白い、好きなものだから引き受けたのだろうが、それはそれとして現実世界でも佐野さんは気ィ遣いだ。麻雀に誘われたので、とにかく頭数として連れて行った若者（佐野さんにとっては初対面の知らない人）にも隔てない態度で接する。ただ優しいのでない、「若い」（新しい価値観をもった、可能性のある）人の若さに対して敬意を隠さない。

でも文章で接する際、むやみに仲良しだからとか付き合いだからということで気を遣ってるわけではない。折口信夫や河合隼雄といった人名でなく、その人の知見や技術にこそ敬意を表している。

肉親に対してもだ。どこまでも——誇張はあるかもしれないが——フェアに評しているると感じられる。そのフェアネスは実の息子にさえ及ぶ。息子を冷静に評しているからでもあるし、「かわいい」とちゃんといって、そういう自分の心持ちを細やかにみて、やはり言葉にする。

細やかに「みる」ことがあらわれる佐野さんの文章の、その細部が好きだ。言いたいことの隙間に挟まれている、リズムを整えるために置かれたような細部が僕にはほとんど本体だ。着るものへの頓着のなさを後年ふりかえって「今思い出すと本当にかわいそう」とそれらしく書いた後につづく「かわいそー」の無駄な繰り返し、賞の名にも冠せられた小林秀雄に「死んでくれてありがとう」をいう、そのタイミング（ライブで聞いていた者として補足すると、全箇所、場内爆笑だった）！

「仏像を見ると神妙な静かなありがたい誇りも感じる」という。神妙さ、静かさ、ありがたみや誇りを、たしかに僕も感じる。でも「神妙な静かなありがたい誇り」とは思ってなかった。「な」で続けて、ありがたい、誇りまで、よくみると、仏像についてそのように言葉をつなぎあわせる人はいない。佐野さんに言われて初めて、そうだったかも、と思える。「ドラマから放出される深情け」という、これ以上みじかくて的確な「冬ソナ」評があっただろうかいやない（頼まれて律儀に書いたのかもしれない書評と比べたときの、「冬ソナ」への言説のノリのよさよ！）。

佐野さんが僕に手紙をくれたことがある。本書にも出てくる北軽井沢が舞台の『ジャージの二人』という小説を書き上げ、謹呈して、一年近くたってから出し抜けに届いた。こんな手紙だ。

長嶋有様

「ジャージィの二人」お送り下さいまして、ありがとうございました。そんで、いただいた日から本が消えてしまって、何故かと云うと、うちは汚いからです。どこをさがしてもなくて、あるにきまっているのでイラついていたら、まあ昨日台所から出て来たんですよ。料理本の間に入っちまっていたです。そして、このごろあんな面白い本最近読んだことありませんでした。有君すごい。あの様な上品なユーモアがたれ流しというのは一体、どういう才能、お人柄、おつむ、お心なのでしょうか。

特に私は日本で一番恵まれた読者でございますのは、あの山荘にもぐり込んだことがあり、ニコニコ堂様を存知上げ、有君をちょっと知っており、読んだら有君がどんな人だったのかすごくよく知って、もう他人の様ではなかったです。そして、生きてゆく事は、素的にすばらしいとしみじみ思え、人は皆美しいと、このすれっからしババアが思えたことで、本当にうれしかったです。だから、ファンレターを書きたくなり、私は生れて始めてファンレター書いたです。

今度は小学校のジャージィ下さい。今年の夏のお二人のジャージィの謎がとけました。近いうちに、遊んで下さい。

私はいつでもひまです。どうぞ、又小説書いて下さい。

よお、日本一‼

佐野洋子

（＊「ジャージィ」「素的」「生れて始めて」原文ママ）

京王プラザホテルの便せんと封筒だった。

自著のことになるので恐縮だが、佐野さんが感想をくださった拙著の作中に「遠山さん」という女性が出てくる。読書好きの多くが、このモデルを佐野さんと思ったようだ。佐野さんのエッセイに「ニコニコ堂」や僕もちらっと登場することから、私小説的でもある作中の山小屋で自由きままに生きている文化人の女性を佐野さんと同一視したくなるのは分かる。

だが実際には違う。さまざまな女性像をマゼコゼに僕が造形したのだ。佐野さんは遠山さんのように分かりやすい飄々《ひょうひょう》さを持たなかった。安直な言い方になるが、もっとずっと奥深く魅力的な人物だ（上手に描写できていたら、とっくにモデルにしただろう）。

「あのモデルは佐野さんですよね？」などとミーハーな視点で問われたこともあったかもしれないが、佐野さんはそれで僕に文句も言わなかったどころか、誰に頼まれたのでもない文章をしたため、身軽に僕一人に送ってよこした。

「生れて始めて」なんてのは、やはり彼女の気ィ遣いの一面かもしれないけど、それでも僕はいつだってこの手紙を思い出すたび胸が熱くなる。私信だけど、正直で威張らない言葉のまとまって綴じられるこの本の中に、この文章も混ぜておいてもらいたくなった。僕が理屈っぽく語ってみせる佐野さん評よりも、ずっと有益だろう。

（ながしま・ゆう　作家）

Ⅳ

解説　川上弘美『神様』（中公文庫）解説 2001・10
6球スーパー 「文藝別冊　佐野洋子」（河出書房新社）2011・4
私はダメな母親だった 「LEE」1991・11
屈強なおまわりさん 「週刊文春」1997・7・31号
卵、産んじゃった 「婦人公論」2000・1・7

書物素晴し 恋せよ乙女 「読売新聞」2005・12・4
本の始末 「一冊の本」2000・11
リルケびたり 「小説現代」2005・7
『六本指の男』はどこにいる 「yom yom」2009・3
ぎょっとする 内田百閒集成17『うつつにぞ見る』(ちくま文庫)解説 2004・2
空と草原と風だけなのに 「天空の草原のナンサ」プログラム 2005・12
何もなくても愛はある 「ハーフェズ――ペルシャの詩」プログラム 2008・1
光の中で 「死者の書」プログラム(エキプ・ド・シネマ155号) 2006・2
大きな目、小さな目 「ミセス」2005・8
叫んでいない「叫び」 「美術の窓」2007・10

Ⅲ

北軽井沢、驚き喜びそしてタダ 「ミセス」2006・7
幸せまみれ 「芸術新潮」2006・8
役に立ちたい 「群像」2007・1
わけがわからん 『日本の名随筆 別巻48 夫婦』(作品社)所収 1995・2
縄文人 「かまくら春秋」2007・2
おひなさま 「うえの」2001・3
どけどけペンペン草 「うえの」2001・7
喫茶店というものがあった 「うえの」2004・5
猫に小判 「論座」2008・4
森羅万象 「大コラム」(「小説新潮」臨時増刊号)1984夏
小林秀雄賞 受賞スピーチ 2004・10・8 於:東京全日空ホテル

初出一覧

I

薬はおいしい　「クロワッサン」2007・5・10
お月さま　「クウネル」23号　2007・1
「問題があります」まで　「文學界」2007・12
青い空、白い歯　『子どもたちの8月15日』（岩波新書）所収　2005・7
やかん　「暮しの手帖」2006初夏
いつも読んでいた　「毎日新聞」2007・10・27
母のこと、父のこと　「新潮45」2008・6
本には近づくなよ　「新潮文庫の100冊」パンフレット　1995夏
草ぼうぼう　不明
黒いベスト　「クロワッサン」2007・4・25
コッペパンと「マッコール」　「クロワッサン」1978・11・25
下町の子どもたち　「うえの」2005・5
まるまる昭和　「銀座百点」2006・9
黒い心　「クロワッサン」1980・7・25
あっしにはかかわりのない…家　「住いの設計」1993・3
先生と師匠　「読売新聞」2007・1・5
わりとそのへんに……　未発表
美しい人　「婦人公論」2003・7・22
年寄りは年寄りでいい　「新潟日報」2008・12・9

II

大いなる母　「考える人」2008冬号
いま、ここに居ない良寛　北川フラム編『いま、そこにいる良寛』所収　2004・5
子どもと共に生きる目　「熱風」（スタジオ ジブリ）2006・6
何も知らない　「カスチョール」16号　2000・10
心ときめきたる枕草子　「オール讀物」2007・9

本書は、二〇〇九年七月筑摩書房より刊行された『問題があります』からⅣ特別付録（或る女）を割愛し、Ⅳ単行本未収録エッセイを追加したものです。

新版 思考の整理学 外山滋比古

「東大・京大で1番読まれた本」で知られる〈知のバイブル〉の増補改訂版。２００９年の東京大学での講義を新収録し読みやすい活字になりました。

質問力 齋藤孝

コミュニケーション上達の秘訣は質問力にあり！ これさえ磨けば、初対面の人からも深い話が引き出せる。話題の本の、待望の文庫化。（斎藤兆史）

整体入門 野口晴哉

日本の東洋医学を代表する著者による初心者向け野口整体のポイント。体の偏りを正す基本の「活元運動」から目的別の運動まで。（伊藤桂一）

命売ります 三島由紀夫

自殺に失敗し、「命売ります。お好きな目的にお使い下さい」という突飛な広告を出した男のもとに、現われたのは？（種村季弘）

こちらあみ子 今村夏子

あみ子の純粋な行動が周囲の人々を否応なく変えていく。第26回太宰治賞、第24回三島由紀夫賞受賞作。書き下ろし「チズさん」収録。（町田康／穂村弘）

ベルリンは晴れているか 深緑野分

終戦直後のベルリンで恩人の不審死を知ったアウグステは彼の甥に訃報を届けに陽気な泥棒と旅立つ。歴史ミステリの傑作が遂に文庫化！（酒寄進一）

向田邦子ベスト・エッセイ 向田邦子 向田和子編

いまも人々に読み継がれている向田邦子。その随筆の中から、家族、食、生き物、こだわりの品、旅、仕事、私……、といったテーマで選ぶ。（角田光代）

倚りかからず 茨木のり子

もはや／いかなる権威にも倚りかかりたくはない……話題の単行本に3篇の詩を加え、高瀬省三氏の絵を添えて贈る決定版詩集。（山根基世）

るきさん 高野文子

のんびりしていてマイペース、だけどどっかヘンテコな、るきさんの日常生活って？ 独特な色使いが光るオールカラー。ポケットに一冊どうぞ。

劇画 ヒットラー 水木しげる

ドイツ民衆を熱狂させた独裁者アドルフ・ヒットラーとはどんな人間だったのか。ヒットラー誕生からその死まで、骨太な筆致で描く伝記漫画。

ねにもつタイプ　岸本佐知子

何となく気になることにこだわる、ねにもつ。思索、奇想、妄想はばたく脳内ワールドをリズミカルな名短文でつづる。第23回講談社エッセイ賞受賞。

TOKYO STYLE　都築響一

小さい部屋が、わが宇宙。ごちゃごちゃと、しかし快適に暮らす、僕らの本当のトウキョウ・スタイルはこんなものだ！　話題の写真集文庫化！

自分の仕事をつくる　西村佳哲

仕事をすることは会社に勤めること、ではない。仕事を「自分の仕事」にできた人たちに学ぶ、働き方のデザインの仕方とは。（稲本喜則）

世界がわかる宗教社会学入門　橋爪大三郎

宗教なんてうさんくさい!?　でも宗教は文化や価値観の骨格であり、それゆえ紛争のタネにもなる。世界宗教のエッセンスがわかる充実の入門書。

ハーメルンの笛吹き男　阿部謹也

「笛吹き男」伝説の裏に隠された謎はなにか？　十三世紀ヨーロッパの小さな村で起きた事件を手がかりに中世における「差別」を解明。（石牟礼道子）

増補　日本語が亡びるとき　水村美苗

明治以来豊かな近代文学を生み出してきた日本語が、いま、大きな岐路に立っている。我々にとって言語とは何なのか。第8回小林秀雄賞受賞作に大幅増補。

子は親を救うために「心の病」になる　高橋和巳

子は親が好きだからこそ「心の病」になり、親を救おうとしている。精神科医である著者が説く、親子という「生きづらさ」の原点とその解決法。

クマにあったらどうするか　姉崎等　片山龍峯

「クマは師匠」と語り遺した狩人が、アイヌ民族の知恵と自身の経験から導き出した超実践クマ対処法。クマと人間の共存する形が見えてくる。（遠藤ケイ）

脳はなぜ「心」を作ったのか　前野隆司

「意識」とは何か。どこまでが「私」なのか。死んだら「心」はどうなるのか。――「意識」と「心」の謎に挑んだ話題の本の文庫化。（夢枕獏）

しかもフタが無い　ヨシタケシンスケ

「絵本の種」となるアイデアスケッチがそのまま本に。くすっと笑えて、なぜかほっとするイラスト集です。ヨシタケさんの「頭の中」に読者をご招待！

わたしは驢馬に乗って下着をうりにゆきたい　鴨居羊子

新聞記者から下着デザイナーへ。斬新で夢のある下着を世に送り出し、下着ブームを巻き起こした女性起業家の悲喜こもごも。（近代ナリコ）

遠い朝の本たち　須賀敦子

一人の少女が成長する過程で出会い、愛しんだ文学作品の数々を、記憶に深く残る人びとの想い出とともに描くエッセイ。（末盛千枝子）

神も仏もありませぬ　佐野洋子

還暦……もう人生おりたかった。でも春のきざしの蕗の薹に感動する自分がいる。意味なく生きても人は幸せなのだ。第3回小林秀雄賞受賞。（長嶋康郎）

私はそうは思わない　佐野洋子

佐野洋子は過激だ。ふつうの人が思うようには思わない。大胆で意表をついたまっすぐな発言をする。だから読後が気持ちいい。（群ようこ）

色を奏でる　志村ふくみ・文　井上隆雄・写真

色と糸と織――それぞれに思いを深めて織り続ける染織家にして人間国宝の著者の、エッセイと鮮かな写真が織りなす豊醇な世界。オールカラー。

老いの楽しみ　沢村貞子

八十歳を過ぎ、女優引退を決めた著者が、日々の思いを綴る。齢にさからわず、「なみ」に、気楽に、と過ごす時間に楽しみを見出す。（山崎洋子）

おいしいおはなし　高峰秀子編

向田邦子、幸田文、山田風太郎……著名人23人の美味な思い出。文学や芸術にも造詣が深かった往年の大女優・高峰秀子が厳選した珠玉のアンソロジー。

パンツの面目ふんどしの沽券　米原万里

キリストの下着はパンツか腰巻か？　幼い日にめばえた疑問を手がかりに、人類史上の謎に挑んだ、抱腹絶倒&禁断のエッセイ。（井上章一）

新版 いっぱしの女　氷室冴子

時を経てなお生きる言葉のひとつひとつが、呼吸を楽にしてくれる――。大人気小説家・氷室冴子の名作エッセイ、待望の復刊！（町田そのこ）

真似のできない女たち　山崎まどか

彼女たちの真似はできない、しかし決して「他人」でもない。シンガー、作家、デザイナー、女優……唯一無二で炎のような女性たちの人生を追う。

兄のトランク　宮沢清六

兄・宮沢賢治の生と死をそのかたわらでみつめ、兄の死後も烈しい空襲や散佚から遺稿類を守りぬいてきた実弟が綴る、初のエッセイ集。

春夏秋冬　料理王国　北大路魯山人

一流の書家、画家、陶芸家にして、希代の美食家でもあった魯山人が、生涯にわたり追い求めて会得した料理と食の奥義を語り尽す。（山田和）

日本ぶらりぶらり　山下清

坊主頭に半ズボン、リュックを背負い日本各地の旅に出た〝裸の大将〟が見聞きするものは不思議なことばかり。スケッチ多数。（壽岳章子）

のんのんばあとオレ　水木しげる

「のんのんばあ」といっしょにお化けや妖怪の住む世界をさまよっていたあの頃——漫画家・水木しげるの、とてもおかしな少年記。（井村君江）

ねぼけ人生〈新装版〉　水木しげる

戦争で片腕を喪失、紙芝居・貸本漫画の時代と、波瀾万丈の人生を、楽天的に生きぬいてきた水木しげるの、面白くも哀しい半生記。（呉智英）

老いの生きかた　鶴見俊輔編

限られた時間の中で、いかに充実した人生を過ごすかを探る十八篇の名文。来るべき日にむけて考えるヒントになるエッセイ集。

老人力　赤瀬川原平

20世紀末、日本中を脱力させた名著『老人力』と『老人力②』が、あわせて文庫に！　ぼけ、ヨイヨイ、もうろくに潜むパワーがここに結集する。

東京骨灰紀行　小沢信男

両国、谷中、千住……アスファルトの下、累々と埋もれる無数の骨灰をめぐり、忘れられた江戸・東京の記憶を掘り起こす鎮魂行。（黒川創）

向田邦子との二十年　久世光彦

あの人は、あり過ぎるくらいあった始末におえない胸の中のものを誰にだって、一言も口にしない人だった。時を共有した二人の世界。（新井信）

東海林さだおアンソロジー
人間は哀れである　東海林さだお　平松洋子編

世の中にはびこるズルの壁、はっきりしない往生際……抱腹絶倒のあとに東海林流のペーソスが心に沁みてくる。平松洋子が選ぶ23の傑作エッセイ。

ちくま文庫

問題《もんだい》があります

二〇一二年 九月 十日 第一刷発行
二〇二四年十一月十五日 第五刷発行

著者 佐野洋子（さの・ようこ）

発行者 増田健史
発行所 株式会社 筑摩書房
東京都台東区蔵前二―五―三 〒一一一―八七五五
電話番号 〇三―五六八七―二六〇一（代表）
装幀者 安野光雅
印刷所 中央精版印刷株式会社
製本所 中央精版印刷株式会社

ISBN978-4-480-42983-4 C0195